러브 윈즈

LOVE
WINS!

러브 윈즈

최지안 소설

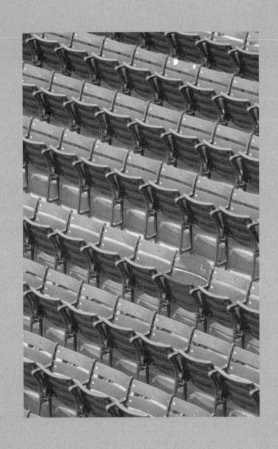

LOVE
WINS!

바른북스

추 천 사

10대부터 60대까지 읽을 수 있는 소설 –

최지안 작가의 『러브 윈즈』는 10대부터 60대까지 모든 연령층이 읽을 수 있는 소설이다.

소설의 흐름 속에 기독교 세계관이 짙게 배어 있지만, 비기독교인들이 읽어도 부담 없이 읽을 수 있는 내용이다.

야구장에서 시작되는 이야기는 독자로 하여금 손에서 책을 놓지 못하게 만드는 매력이 있다. 섬세하고 감성을 일으키는 사실적인 표현은 마치 독자가 소설의 배경인 일본에 와 있는 듯한 느낌을 받는다. 마치 미우라 아야코의 『빙점』을 읽을 때 느꼈던 느낌이 드는 소설이다.

『러브 윈즈』는 크리스천이 세상 속에서 부딪히는 현실적인 문제들을 소설 속에 자연스럽게 담고 있다. 낙태, 동성애, 에이즈, 그리고 이성 교제 등 무겁고 논의하기 힘든 주제들을 길지 않은 소설 속에 부담 없이 읽고 이해하도록 독자들을 이끌고 간다. 읽는 재미가 있다. 작가의 생각이 머리에 쏙쏙 들어온다. 소설 속의 배경으로 들어가게 한다. 따뜻함과 정을 느낄 수 있다. 세계관 전쟁에 필요한 지식과 지혜를 담고 있다.

크리스천 가정에서 온 가족이 함께 읽고 이야기를 나눌 수 있는 소설이다. 교회 소그룹에서 읽고 토론해도 좋은 내용이다. 짧지만 읽어 보라고 권하고 싶은 소설이다. 최지안 작가의 후속 작품이 기다려진다.

성산생명윤리연구소 소장 · 의사 · 평론가 이명진

최지안 작가만의 개성과 재능이 가득한 필력으로 써 내려간 『러브 윈즈』는 지금 이 시대에 가장 필요한 소설책이다. 새 역사를 만들어 가야 할 시점에서 이러한 좋은 작품이 나온 것을 참으로 환영한다. 『러브 윈즈』는 허구가 아닌, 실제 사례들을 통하여 우리가 외면하게 되는 불편한 진실을 밝히고, 출구로 인도하고 있다. 또, 다양한 인물들의 이야기는 반면교사로 삼을 교훈과 따스한 감동을 불러일으킨다. 작가의 생동력 있는 첫 작품을 많은 이들이 읽기를 바라고 기대한다.

전 신촌세브란스병원 가정의학과 호스피스클리닉 전문의,
현 수동연세요양병원장 염안섭

#주요 등장인물

아키라 이야기의 주인공. 소망고 야구부의 4번 타자.

츠바키 아키라의 아버지. 평범한 회사원. 아내를 잃은 아픔을 가지고 있다.

레아 평범한 소망고 여학생. 순수한 문학소녀이자 미술부원. 아키라의 친한 친구로 얼굴 오른편에 화상 흔적이 있다.

미나토 아키라와 동급생이자 룸메이트. 소망고 야구부원. 카레빵을 좋아하고 야구부 후배인 켄타를 잘 챙겨 준다.

켄타 소망고 야구부 신입생. 영화배우 같은 출중한 외모로 여학생들에게 인기가 많다.

준 소망고 포수로, 한 학년 아래의 샤베라는 여학생을 좋아한다. 투수 이츠키와 친하다.

카이토 오사카 제일고 야구부의 에이스. 외유내강형의 안경 투수.

에이타 도쿄에서 온 미묘한 분위기의 전학생. 미술부원. 마른 몸, 창백한 얼굴의 유약한 이미지.

#그 외

에다   츠바키의 아들이자 아키라의 형.

레비   레아의 오빠. 소망고 야구부 응원단장. 은근 허당이다.

유우마   소망고 야구부 감독.

토마   소망고 야구부 투수 코치.

케이타로 소망고 야구부 수비 코치.

모나   미나토의 쌍둥이 여동생. 소망고 야구부 매니저.

사츠   188cm의 큰 키를 가진 소망고 야구부 주장.

스카이   사츠에 뒤이어 소망고 야구부 주장이 된다. 곱상한 외모의 스리쿼터 투수.

이츠키   준의 배터리로 소망고 야구부 선발 투수. 실력이 좋아 프로 지명이 확실한 에이스.

마사타케 소망고 유도부. 오만하고 고압적인 분위기의 남학생.

샤베   마르고 큰 키에 예쁘장한 소망고 여학생. 학교에서 인기가 좋다.

사유리   소망고 미술부장으로, 어딘가 냉랭한 모습이 있다.

카키   미술부원이자, 사유리의 친한 친구. 어느 한 유명 유튜버의 팬이다.

미하루   소망고 전교 부회장. 프로 라이프 활동에 열정적인 여학생.

하나노 '펑고(fungo)'라는 카페를 운영하고 있는 중년 여성. 츠바키와 고
교 동문.

히로토 재일 한국인인 츠바키를 괴롭혔던 고교 동문.

렌 오사카 제일고 야구부원. 폭력적이고 잔인한 면모를 가지고 있다.

유우토 오사카 제일고 야구부 신입생.

LOVE WINS!

차 례

프롤로그: 신화

　뜨거운 사막의 모래가 돌풍처럼 휘몰아치고 있었다. 먼지처럼 떠돌아다니는 모래알마저 녹아 버릴 듯 뜨거운 여름의 태양은 타오르는 갈증을 재촉하고. 그라운드에 쉴 새 없이 찍히는 발자국 위로 황금빛 햇살은 떨어져 부서지고 있었다. 두 눈을 들어서 하늘을 똑바로 쳐다볼 수 없었다. 그렇게나 너무나도 눈부신 8월. 작열하는 태양 아래 빽빽이 모인 군중들의 응원가가 우렁차게 울려 퍼지고 있었다.

　소년이여 신화가 되어라!

　그것은 두 귀에 딱지가 앉도록 들은 노랫말이었다. 딱히 새로울 것 없는, 익숙한 노랫말을 등에 지고 바람처럼 떠도는 북소리는 산

산이 흩어졌다. 둥둥둥, 귓전을 두드리는 북소리 속에서 아키라는 고요히 읊조렸다.

소년은 신화가 될 수 없다…. 고.

둥둥둥, 브라스밴드의 응원 북소리는 점점 커진다. 추악하고 광폭한 얼굴을 숨긴 채, 빛의 천사로 가장한 악마는 더 이상 날 수 없는 지옥의 깃털들을 떨구며, 한 명의 소년을 유혹한다.

어서 신화가 되어라! 고.

그러나, 어떻게 신화가 될 수 있단 말인가. 인간은 결코 신이 될 수 없는 것을. 아키라는 배트를 꾹 쥐며 초록색 그라운드를 바라보았다. 떨지 않고 싶지만, 떨지 않을 수 없는 순간. 바로 오늘이, 마지막 결승전이었다.

소년이여 신화가 되어라!

악마의 목소리와 같은 노랫말이 다시, 음험하게 귓가를 스친다. 그렇게 세상은 신화나 진화의 망상을 선전하며 신에게 도전하라고 유세를 떨었다. 그러나 아키라는 알고 있었다. 천상에서 가장 아름다웠지만, 자신을 너무나 사랑한 나머지 신의 보좌에 감히 앉으려고 했던. 교만과 반역으로 추루하게 변해 버린 타락 천사를. 희뿌연

살점이 드러난, 병든 날개들을. 그들은 더 이상 자유롭게 날 수도 없다는 것도 알고 있었다.

그들과 같이, 난 지옥으로 떨어지고 싶지 않아.

아키라는 홀로 읊조리며, 어깨를 천천히 돌렸다. 그의 왼쪽 어깨는 긴장감으로 다시 뻐근해지고 있었다. 그는 근 몇 달간 지속된 고된 연습으로 부상의 위기를 간신히 넘어서 있었다. 과욕을 부려서는 안 된다고, 야구부 감독이 그를 엄숙히 말리지 않았더라면. 몸의 상태는 엉망이었을 것이다.

"아키라! 곧 시작이다."

사츠는 불펜에서 배팅 연습을 멈추고 서 있는 아키라의 어깨를 툭툭 다독였다. 188cm에 달하는 장신을 가진 사츠는 소망고 야구부 주장이다. 그들은 고시엔의 마지막 결승전을 앞두고, 승리를 다짐하고 있었다. 고시엔이란, 고교구아라면 누구나 열망하는 일본의 전국 고등학교 야구 선수권 대회다. 일본의 1천 개가 넘는 고등학교 야구부 중에 단 50개의 야구부만이 출전할 수 있기 때문에 고교구아들은 고시엔에 출전한 것만으로도 감격의 눈물을 흘린다. 물론, 사츠도 아키라도 마찬가지였다. 고교구아들의 열정만큼이나 뜨거운 이 여름, 고시엔을 직접 보기 위해서 전국의 수많은 관람객이 몰려와 있었다. 경기장의 4만 7천 석은 이미 매진된 상태였다.

"준비됐지?"

환한 미소를 짓는 주장의 물음에 아키라도 의연한 눈웃음을 지으며 묵묵히 고개를 끄덕였다. 그리고는 한 손으로 붉은색 모자의 챙을 잡아 고쳐 썼다. 그들의 야구 모자에는 그들이 다니는 소망(일본어로 のぞみ - 노조미) 고등학교의 이니셜인 'N'이 금색 실로 두껍게 자수 되어 있었다. 아키라는 지역 예선에서부터 좋은 성적을 내며 결승전까지 달려왔고, 바로 지금, 반드시 우승하리라는 결심으로 배트를 붙들고 있었다.

곧, 브라스밴드의 트럼펫 합주 소리가 행군을 하는 것처럼 쩌렁쩌렁 울렸다. 야구장 스탠드에서는 큰 함성이 터졌다. 순간 현실 감각이 완전히 깨어나는 듯, 아키라는 살아 있는 심장을 통과하는 뜨거운 혈류를 느꼈다. 가빠지는 숨결을 고르고 또 고르면서, 아키라는 배트를 휘두르고 또 휘둘렀다. 공기를 훅, 가르는 소리. 그의 타격 자세는 흔들림 없이, 안정적이었다.

바야흐로 경기장 그라운드에서는 여러 명의 사내가 굵은 호스를 붙잡고 정비를 진행하고 있었다. 호스 바깥으로 길게 뿜어 나오는 물줄기가 땅에 후두둑 떨어졌다. 강렬한 태양 빛에 가열된 흙바닥이 조금씩 젖어 들었다. 물을 뿌려서 그라운드의 흙이 바짝 말라 있지 않도록, 바닥의 쿠션감을 유지하는 것이다.

"자, 입추의 여지 없이 꽉 찬 고시엔 구장입니다. 이제 곧 소망고
와 제일고의 대망의 결승전이 펼쳐집니다."
"네, 여러분, 한순간도 놓치지 마시기 바랍니다!"

한껏 고양된, 중계 위원들의 목소리가 마이크를 통해 메아리치
기 시작했다.

"지금 이곳 수많은 관중의 열기가 태양 빛보다 뜨거운 것 같습
니다!"

카메라맨은 벤치에 모인 고교 선수단들을 비추고, 다시 관중석으
로 앵글을 돌렸다. 오사카와 가까운 니시노미야시에 위치한 구장에
빼곡히 모인 관중들의 모습이 화면에 담겼다. 무더운 날씨 탓에 새
하얀 티셔츠를 입고 모인 광경이 산봉우리에 눈이 소복이 내려앉은
것 같았다. 그 가운데 소망고와 제일고의 응원단들은 방울 같은 땀
을 뻘뻘 흘리며 응원에 매진하고 있었다. 특히 소망고의 응원단장
인 레비는 나름 특심이 있는 학생이라 이 한여름에 겨울 교복인 검
은색 가쿠란까지 입었다. 양 팔뚝에는 새빨간 완장을 감고서 진두
지휘하고 있는 레비는 응원 박자에 맞춰 절도 있는 동작을 해낸다.
지치거나 힘든 기색 하나 없이 무척이나 해맑은 그의 얼굴을 보며,

"저러다 오빠 열사병으로 쓰러지면 어떡해."

레비의 동생 레아는 같이 응원석에 앉은 엄마와 걱정스러운 말을 주고받는다.

윙- 곧, 경기장 사이렌이 시끄럽게 울렸다.

"경기 시작합니다. 1회 초, 제일 고등학교의 공격."

구장에 설치된 스피커에서 장내 아나운서의 목소리가 울려 나온다. 드디어 시작된 결승전의 1회 초. 제일고의 공격과 소망고의 수비 순서였다.

"1번 타자, 하세가와 타카오."

제일고의 첫 번째 타자가 배트를 들고 타석으로 들어섰다.

"1번 투수, 카쿠노 이츠키."

소망고의 선발 투수인 이츠키도 글러브를 낀 채 마운드를 밟았다. 붉은색 언더셔츠 위에 새하얀 유니폼을 입은 이츠키. 그는 맞은편에 앉아 있는 포수인 준의 손가락 사인을 확인하고는, 입술을 굳게 다물었다. 준의 사인은 바깥 코스로 빠지는 직구였다. 이츠키는 힘껏 공을 던졌다. 그러나 고시엔의 결승전인 만큼 긴장을 많이 했는지,

"볼!"

야구공이 통제가 되지 않아 스트라이크존을 살짝 빗겨 나갔다.

이런, 볼이라니. 이츠키는 후우, 숨을 내뱉으며 마음을 다잡았다. 이츠키는 포수에게서 다시 공을 받았고, 그것을 자신의 글러브 안으로 숨겼다. 이번에는 꼭, 스트라이크를 맞게 해 주겠어. 이츠키가 곧 다시 던진 공은 예리한 타자의 눈빛에 부딪히고. 깡! 하고 금속음이 크게 났다. 배트에 맞은 야구공은 공중에 높이 떠오르고 있었다.

"네, 타카오 선수 쳐 냈습니다!"

중계 위원들은 흥분한 듯 외쳤다. 그러나 제일고 타자가 쳐낸 야구공은, 소망고의 중견수인 미나토의 글러브에 단번에 잡히고 만다. 휴, 다행이야. 소망고 투수 이츠키는 안심하는 표정으로 비식 웃었다.

"아, 타카오 선수 아웃 되는군요!"

제일고의 1번 타자는 아쉬운 표정을 지으며 벤치로 돌아간다. 이후로 제일고는 계속해서 득점을 노리고 또 노렸지만, 소망고는 제일고에게 한 점도 내어 주지 않은 채, 1회 초는 끝이 나고 말았다. 그리고 시간이 흘러, 경기는 막바지에 접어들고 있었다.

"9회 말, 이제 막판 승부가 펼쳐집니다. 소망고의 공격인데요, 과연 판을 뒤집을 수 있을까요? 어떻게 생각하십니까?"

5 대 4. 치열한 접전 끝에 소망고가 한 점 뒤지고 있는 상황이었다. 고시엔의 우승팀을 결정짓는, 이 중대한 순간.

"두 학교의 실력이 서로 팽팽합니다. 하지만 소망고가 충분히 역전할 수 있다고도 생각합니다."

중계 위원들은 입술이 마를 새 없이 침을 튀기며 열심히 해설한다. 9회 말, 마지막 시합에서 소망고는 역전을 소원했지만, 제일고 투수의 강속구에 소망고 1, 2번 타자는 모조리 아웃 되고, 3번 타자만이 1루로 출루해 있었다. 그리고 드디어,

"아키라 화이팅!"

등 번호 7번을 달고 있는 아키라가 소망고의 4번 타자로 등판했다. 아키라는 작년 고시엔에서도 두각을 드러낸, 장타력이 뛰어난 학생이었다. 185cm를 웃도는 키에 어깨도 좋고 달리기도 빨라, 타자로서 장점이 많았다. 그만큼 그에 대한 주위 사람들의 기대도 컸고 강타자라고 불렸다.

"이번에도 제일고 투수가 '고의 사구'¹를 던지면 어떡하죠?"

하고 소망고 야구부 매니저가 벤치에 앉아 있는 코치에게 걱정스러운 듯 물었다. 제일고는 강타자인 아키라를 견제하기 위해, 아키라가 등판할 때마다 투수가 고의 사구를 던졌다. 만약 이번에도 투수가 고의 사구를 던지면 아키라는 1루로 출루하게 되면서 많은 득점을 하지 못하게 된다.

"달리 다른 방도는 없어. 하늘에 맡기는 수밖에."

코치는 애써 침착한 표정으로 얘기했다. 아키라, 부탁한다! 그리하여 소망고의 감독, 코치들과 선수들은 전세의 대역전을 바라며, 타석에 선 아키라를 간절히 바라보았다.

"4번 타자, 타마가와 아키라."

이윽고 장내 아나운서의 높고 카랑카랑한 목소리가 들렸다. 방송용 카메라는 '소망(希望)'이라는 한자가 적힌 붉은색 헬멧을 착용하고 선 아키라의 얼굴을 클로즈업한다. 검게 그을린, 그의 진중한 얼굴이 카메라 화면에 여실히 드러났다.

....
1   투수가 작전상 또는 강타자를 만났을 때 고의로 볼 4개를 던져 타자를 1루로 보내는 것

"이 멍청한 한국인!"

"너희 조선으로 당장 돌아가라! 조선인아!"

돌연 관중석에서는 재일 한국인인 아키라를 비하하는, 각종 야유가 소나기처럼 패연하게 쏟아졌다. 우우우, 바람을 따라 진동하는 방해꾼들의 조롱에 아키라는 들고 있던 배트를 갑자기 바닥에 내려놓았다.

"아니, 아키라 선수! 지금 무슨 행동을 하는 것이죠?"

중계 위원의 의문스러운 목소리 뒤로, 아키라는 잠시 생각하는 듯, 그의 그을린 눈꺼풀은 블라인드처럼 내려갔다. 그리고 이내 몸을 구푸려 흙바닥에 무언가를 손가락으로 쓰기 시작했다.

의미를 알 수 없는 그의 행동에 이 이상 말을 잇지 못하는 중계 위원들. 뿐만 아니라, 장내 모든 사람은 어안이 벙벙해져서, 그를 말없이 쳐다보고만 있었다. 그렇게 관중석의 소란은 점차 줄어들어 분위기는 삽시간에 조용해지고 말았다. 벤치에 앉아 있는 소망고 선수단들도 아키라가 흙바닥에 대체 무슨 글을 쓰고 있는 것인지 종잡을 수 없었다. 빠르게 급전된 공기 속, 아키라는 다시 몸을 일으켰다.

"네, 저는 한국인입니다!"[2]

아키라의 굵고 우렁찬 목소리 뒤로, 박수갈채와 환호성이 지체 없이 터져 나왔다. 자신을 응원하는 함성 소리를 들으며 아키라는 바닥 위의 배트를 다시 잡았다. 그리고는 발로 흙바닥을 찬찬히 고르며 타격 자세를 잡았다.

9회 말, 2아웃 1루라는 긴박한 상황이었다. 무조건 공을 치고 달려야만 했다. 그렇지 못하면 한 점 차이로 소망고가 지게 되는 것이었다. 그러나 반드시 이기게 해 달라고 기도하는 아키라의 검고 짙은 눈썹 위로, 뜨거운 땀이 뚝 떨어졌다. 태양처럼 붉게 타오르는, 아키라의 눈동자는 마운드에 우뚝 선 투수를 향해 있었다. 자신을 노려보고 있는 듯한 투수의 두 눈은, 마지막 승부의 절박함을 드러내고 있었다.

직구일까, 변화구일까. 내가 노리는 공은…. 아키라가 이성적으로 판단하고 있는 사이, 아키라의 뒤편에 앉은 제일고의 포수는 아키라의 상태를 슬금슬금 살폈다. *4번 타자 이 자식, 팀이 2아웃을 맞았는데도 조금도 경직되질 않았잖아? 자신 있다는 건가. 하지만 이번에도 너에게 공을 칠 기회는 주지 않겠어.* 그리고는 제일고 투수에게 고의 사구를 던지라는 사인을 손가락으로 표시한다.

••••••••••••••••••••

2   장훈(야구선수)의 이야기

그러나 투수는 포수의 기대와는 다르게 고개를 저었다. 포수의 사인을 거절한 것이었다. 포수는 투수의 거절 사인에 저도 모르게 두 눈을 동그랗게 떴다. *뭐하는 거냐, 카이토?* 포수는 밑 입술을 잘근 깨물었다.

고의 사구를 던지고 싶지 않다. 아키라와 정면 승부를 해야만 한다. 제일고 투수 카이토는 그렇게 마음을 단단히 먹었다. 카이토는 지역 예선에서도 완봉승을 하며 결승전까지 다다른, 제일고의 에이스 투수다.

카이토, 그건 위험한 결정이라고! 포수는 다시 한번 더 고의 사구 사인을 보냈지만 카이토의 결연한 표정은 조금의 변화도 없었다. 제일고 포수는 곧, 어쩔 수 없다는 듯 자신의 미트를 스트라이크존 가운데로 옮겼다. 그리고 곧,

"스트라이크!"

카이토가 힘껏 던진 공이 포수의 가죽 미트에 그대로 쾅 박혔다. 스윙도 못 한 채 배트를 꼭 붙들고만 있는 아키라를 보며 카이토는 씨익 웃었다.

카이토가 포수에게 공을 받는 동안, 소망고의 응원단장 레비는 저 멀리 그라운드에 선 아키라를 바라보았다. 그 어느 때보다 비장한

표정으로 말이다. 아키라, 네가 여기서 아웃되면, 제일고가 우승을 하게 된다구! 제발 공을 쳐 줘, 제발!

"스트라이크!"

그러나 레비의 바람과는 달리, 심판의 스트라이크 선언이 다시 울려 퍼진다. 카이토는 아키라의 삼진아웃을 빌며, 타석에 선 아키라를 쳐다보았다. 쳇, 이렇게 쉬운 녀석이었던가. 아무래도 이쯤에서 마무리해야겠군. 카이토는 직구가 아닌, 볼처럼 보이는 변화구를 보낼 생각이었다. 과연 아키라가 속을 수 있을까.

"아, 네, 벌써 투 스트라이크입니다. 아키라 선수가 의외로 꼼짝을 못하는데요? 이대로 삼 구 삼진을 당할까요?"
"글쎄요. 소망고의 4번 타자는 홈런 제조기라고 불릴 만큼 강타자가 아닙니까? 끝날 때까지 끝난 게 아니라고 봅니다."
"네, 맞습니다. 한 치 앞도 예상할 수 없는 9회 말! 과연 승부는 어떻게 날까요? 저도 너무나 궁금해집니다!"

바로 그때, 깡! 배트가 깨지는 듯한 타격음이 크게 울렸다.

"공이! 공이!"

중계 위원들은 저도 모르게 자리에서 벌떡 일어났다. 슬쩍 휘어지는 변화구를 아키라가 배트로 쳐 낸 것이다. 스윙 지점에 정확하게 맞은, 클린 히트(Clean Hit)였다. 아키라는 바로 배트를 바닥에 던지고는 발을 빠르게 움직였다. 그는 공중에 날아가는 새하얀 야구공을 바라보며 1루를 향해 힘껏 뛰었다. 야구공은 먼 곳을 향해 높은 포물선을 그리며,

"들어갔습니다!"

펜스를 훌쩍 넘고 관중석으로 쑥 들어갔다. 사람들은 서로 먼저 공을 줍기 위해 우르르 몰려들었다.

"호오옴런! 홈런입니다! 끝내기 홈런이 터졌습니다!"

투런 홈런이었다. 1루에 있던 소망고 주장 사츠도 여유롭게 달리며 홈으로 들어왔다. 4번 타자 아키라의 통쾌한 홈런 샷! 소망고 야구부는 이로써 기세등등하게 2점을 획득했다. 5 대 6, 전세는 역전되고, 소망고 선수단들은 기쁨의 함성을 질러 댔다.

펑펑, 경기장에 설치된 폭죽이 하늘 높이 솟아올라 큰 소리를 내며 터졌다. 둥둥둥, 빰빰빰, 브라스밴드의 북과 트럼펫, 심벌즈 소리가 경쾌하게 울린다. 고시엔을 관람하고 있던 소망고 학생들도 두 손을 번쩍 들고 환호했다. 곧이어 그들은 응원단장인 레비의 지휘 하에 서로서로 어깨동무를 하고 교가를 크게 제창하기 시작한다.

"엄동설한 지나가면 양춘가절 돌아와! 쏟아지는 소나기도 개인 후에 햇빛 나! 어두운 밤이 지나가면 밝은 아침 오도다! 크게 실망 하였지만 새로운 소망 얻겠네!"[3]

굵은 파도처럼 굽이쳐 흐르는 노랫소리가 구장에 멀리멀리 울리고,

"아키라 선수 역시 대단합니다!"

중계 위원들은 아키라의 홈런에 찬탄을 금치 못한다. 3루를 밟고 홈으로 들어오는 아키라를 소망고 선수단들이 마중 나와 와락 끌어안았다. 온통 땀과 흙투성이가 된 몸을 전혀 아랑곳하지 않고서.

"나이스 배팅, 아키라!"

소망고 선수단은 아키라를 이구동성으로 칭찬하며 날아갈 듯이 기뻐했다. 그에 활짝 웃어 보이는 아키라. 땀 냄새가 진동하는 붉은 헬멧을 벗어 내며, 그는 어떤 생각을 했을까. 혹, 저는 한국인입니다, 라고 마음속으로 연거푸 외치지는 않았을까. 언젠가 항구에서 바라보았던, 그 푸른 동해를 떠올리면서.

· · · · · · · · · · · · · · · · · · · ·

3　　찬송가 537장

"네, 이번 전국 고교 야구 선수권 대회는 소망고의 승리로 끝이 났습니다!"

 치열한 접전 뒤에 소망고 야구부는 승전고를 당당히 울렸다. 꿈에 그리던 우승을 품에 안고야 말았다. 많은 이들의 격려와 축하 속에서, 소망고 야구부는 응원단들에게 다가가, 허리 숙여 정중한 인사를 드렸다. 그리고는 아무 말도 없이, 뜨거운 눈물만 펑펑 흘리기 시작했다. 응원단들도 선수들을 보며 같이 눈물을 흘렸다. 그렇게 지난날의 과오와 상처란 방울방울 씻겨져 내린다.

 "소망고 역사상 최초로 우승을 하셨는데, 소감이 어떻습니까?"
 "감독님과 코치님께 우승을 선물해 드릴 수 있어 영광입니다."

 하고 소망고 야구부 주장 사츠는 붉은 눈시울을 차마 감추지 못했다.

 "우리 팀의 4번 타자 아키라가 홈런을 터뜨려 줘서 정말 고맙고 또, 모두 고시엔 경기를 위해 꾸준히 연습하고 훈련해 왔는데, 모든 부원에게 고맙습니다. 다들 적극적인 자세로 플레이를 하고 상대 팀을 많이 제압하려고 노력한 것 같습니다. 그리고 그 노력의 결과가 너무 좋게 나와서 기쁩니다. 무엇보다 우리 감독님, 코치님들께서 상대 팀의 전술이나 전략도 잘 알려 주시고….'

사츠는 감격하며 말을 계속 멈추지 않았다. 그 후 스포츠 담당 기자들은 끝내기 홈런을 친 아키라와 인터뷰하기 위해 마이크를 들이밀었다. 물론, 아키라는 마이크 앞에서 조금 긴장한 것 같기도 했다. 번갯불처럼 번쩍거리는 플래시 세례를 여전히 어색해했고, 그저 웃어 보이기만 했다. 그에 모두 아키라가 어떤 말을 할지 기대하며 기다렸다.

"어이, 아키라. 오랜만에 한국식 파전 해 줄까."
"오, 파전? 네, 좋아요."

어느덧 집에 돌아와 쉬고 있는 아키라. 그의 구릿빛 얼굴에는 TV 화면의 차가운 불빛이 어른거리고 있었다.

"소망고가 우승을 했다니 아직도 믿기지 않는걸."

하고 아키라의 아빠는 기분이 좋은 듯 어깨를 으쓱이며, 갈색 원목 도마를 선반에서 꺼냈다.

"카이토 군의 공을 어떻게 쳐 낸 거야? 변화구였지? 물론 구속은 직구보다 느렸겠지만."

경기장에서 집으로 함께 돌아오는 내내 물어보고 싶었던 질문이었다. 그러나 감히 쉽게 꺼내지 못했던 질문이었다. 직구보다 변화구가 치기 어렵지만, 회전하는 변화구에서 홈런이 더 많이 나온다는 것은 사실이다. 아마 인생이란 것도 그럴지 모른다.

"…아키라?"

그러나 아키라는 어쩐 까닭인지 반응을 보이지 않는다. 아키라의 아빠는 도마 위에 재료를 올려 두고, 문득 아키라를 쳐다보았다. 햇볕에 그을린, 아키라의 미간이 조금 일그러져 있었다. 그렇게나 진지한 얼굴로 앉은 아키라는 TV 화면에 집중하고만 있었다. TV에서는 고시엔의 하이라이트 영상이 나오고 있었다.

"왜 그래?"
"아. 저기 카이토가 울고 있어서요."
"흠?"

TV에서는 소망고를 응원하는 노랫소리가 흘러나오고, 홈런을 친 아키라가 밝은 얼굴로 유유히 뛰어가는 장면이 재생되고 있었다. 그와 함께, 제일고의 투수인 카이토의 모습도 같이 카메라 앵글에 잡혔다. 고개를 숙인 채, 안경 밑으로 흐르는 눈물을 손등으로 훔치는 카이토의 모습이.

그날 저녁. 아키라는 자신의 방에 들어가, 푹신한 침대 위에 대(大)자로 누워 생각했다. 내가 그 공을 칠 수 있었던 것은, 공을 쥔 카이토의 손이 보였고, 변화구라는 직감에 몸이 저절로 움직였던 것이다. 그렇다고 그것이 내 실력이었다고 자만할 순 없다. 왜냐하면…. 그는 천천히 눈을 감으며 흉터와 굳은살이 잔뜩 박힌 두 손을 포개어 감사 기도를 드렸다. 그의 붉은 입술이 조그맣게 움직였다. 그렇게 몇 분이나 지났을까. 곧 아키라는 곤한 잠에 빠져드는지, 맞잡았던 그의 두 손이 스르르 풀려 침대 위로 툭 떨어지고 만다.

"어이, 아키라, 일어났어?"

아키라의 아빠가 아키라의 방문을 조심스레 열었다. 틈 사이로 얼굴을 빼꼼히 내밀고,

"오늘부터 다시 훈련이지? 아빠는 곧 출근해야 하니까, 얼른 준비해서 가. 밥은 차려 놨어."

하고 아키라의 안부를 살핀다.

"네. 잘 다녀오세요, 아빠."

아키라의 푹 잠긴 목소리. 아빠는, 파이팅, 하고 아들을 향해 미소를 지었다. 곧 방문은 부드럽게 탁, 닫혔다.

고시엔 이후로 벌써 일주일이 지났다. 아키라는 잠을 깨려는지 두

툼한 손바닥으로 얼굴을 몇 번 문지르더니 침대에서 내려왔다. 창틀의 푸른 그림자가 바닥을 딛고 선 그의 발등을 덮는다. 그의 눈동자는 햇살에 비쳐 모래색으로 반짝였다.

　아키라의 방 안은 꽤나 정리가 잘 되어 있었다. 철제 행거에는 교복이 걸려 있고, 책상 위에는 중고 노트북, 문제집과 몇 권의 책이 놓여 있었다. 보통의 고교생과 다르지 않은 풍경이었다. 그렇게 눈에 띌 만한 특별한 것은 없어 보였다. 다만, 은색의 십자가 목걸이가 햇빛을 반사하며 반짝이고 있을 뿐. 그것은 지금은 천국에 계신 할아버지의 유품이었다.

　"네 짐이 무겁고 힘이 드냐?"

　할아버지의 안쓰러운 목소리. 그 앞에 눈물이 그렁그렁 맺혀서 훌쩍거리고 있는 아키라. 불의의 사고로 엄마를 여의고 이제 갓 중학생이 된 아키라의 머리를 부드럽게 쓰다듬는 할아버지는,

　"절대 포기하지 말거라."

　하고 야구공을 손에 꼬옥 쥐여 주었다. 그 잊을 수 없는 모습이 문득 아키라의 뇌리를 스치고 지나갔다. 아련하기보다는 여전히 선명한 기억이다.

"여기서 포기하는 것은 하나님께서도 기뻐하시지 않을 거다, 아키라."

양 볼이 패인, 야윈 얼굴에는 주글주글한 주름이 마치 문신처럼 각인되어 있었다. 숱이 별로 없는, 새하얀 머리칼은 바닷바람에 힘없이 휘날리며, 석양에 붉게 물들고 있었다.

"끝까지. 끝까지, 라는 단어를 기억하려무나."
"끝까지…?"
"하나님의 아들 예수님도 자기 사람들을 사랑하시되 끝까지 사랑하셨단다."

아키라가 건네받은 야구공에는 검은색 유성 매직으로 '소망'이라고 적혀 있었다. 할아버지의 친필이었다. 그들의 머리 위로는 괭이갈매기가 울며 날아다니고, 소금 냄새가 파도 소리와 함께 흠씬 밀려오고 있었다.

"고난의 파도가 일 때 두려워하지 말아라."

하고 아키라를 다독거리며 인자하게 웃으시는 할아버지의 얼굴과,

"그 풍랑으로 인하여 더 빨리 갈 테니…."

쉿소리가 나던, 세밀한 목소리는 도무지 잊혀지지 않았다. 보고 싶어요, 할아버지…! 아키라는 나지막이 읊조리며, 은빛의 십자가 목걸이를 손에 꾸욱 쥐었다.

"이 곤한 인생이 쉴 곳은 없는가. 저 높은 산과 깊은 물 나 쉴 곳 어딘가."

그와 같은 시간. 노랫말을 흥얼거리는 레아는 반팔 티셔츠와 얇은 면바지를 입고서 화장대 거울을 유심히 쳐다보고 있었다. 아무래도 왼뺨에 발갛게 돋은 여드름이 신경 쓰이는 모양이다. 레아는 동그라미 모양의 패치를 찾아 여드름 위에 조심스레 붙인다. 그리고는 흡족한 듯,

"오, 굿굿."

배시시 미소를 지으며 거울을 보더니, 거실로 씩씩하게 나갔다.

"레아, 어서 아침 먹으렴."
"올리브 샐러드네요?"
"그래, 네가 좋아하는 치즈도 좀 넣고….'
"와아아!"
"어머, 얘는! 말도 끝나기 전에."

레아는 일자로 단정히 자른 머리칼이 층층이 휘날리도록 달려가 테이블 앞에 앉았다. 그리고는 두 손바닥을 짝 맞붙이고는 눈을 감는다. 기도하는 것이다. 레아는 곧 다시 눈을 뜨고, 샐러드를 입에 가져다가 베어 물었다.

"참, 책은 챙겼지?"
"네네!"

레아는 입을 우물거리며 대답했다. 곧, 레아의 오빠인 레비도 실내화를 끌며 거실로 터덜터덜 나왔다. 레비는 소망고 야구부의 응원단장이면서 고3 수험생이었다. 밤새 베개에 눌리고 뻗친, 부스스한 머리를 긁적이면서,

"심부름 가는 거야?"

하고 묻는다. 그러자 레아는 고개를 끄덕거린다.

"그럼 올 때 아이스크림 사 와라. 빠이빠이(bye-bye)."

하고 태연하게 손을 흔들며, 곧장 샤워실로 향하는 레비.

"아? 알았어. 그럼 민트초코바 사 올게."

레아는 작은 입술을 삐죽이 내밀었다. *뭐? 민트초코?* 그러자 레비는 두 눈을 동그랗게 뜨고 곧장 뒤돌아서서,

"야, 안 돼! 민트초코는 극약이야. 초코에 치약 바른 맛이잖아. 그 맛은 위험해! 절대 안 된다!"

하고 무지 다급하게 외쳤다. 그러나 레아는 듣는 둥 마는 둥 드레싱에 젖은 치커리를 입안에 구겨 넣었다.

"나 애타 바라는 참 안식 무엔가. 나 일생 편히 살다가 죽는 것 아니라."

어느덧 레아는 같은 노랫말을 흥얼거리며 자전거의 페달을 힘껏 밟고 있었다. 레아는 등·하굣길에도 늘 자전거를 타고 다닌다. 그녀가 페달을 굴릴 때마다 길 위로 부드럽게 미끄러져 나가는 동그란 자전거 바퀴. 불어오는 투명한 바람은 고시엔을 관람하느라 거뭇하게 탄 살을 스쳐 갔다.

그녀가 달리고 있는 곳은 조용하고 한산한, 하치노헤시의 거리였다. 하치노헤는 아오모리현에서 두 번째로 크고, 태평양을 접하고 있는 해안 도시다. 덕분에 신선한 해산물을 원하는 대로 먹을 수 있고, 아침 시장도 크게 열리는 편이다. 하치노헤의 여름은 시원하고, 겨울에는 아주 춥다. 그러나, 해가 지날수록 여름 날씨는 오사카만

큼이나 뜨거워지는 것 같다. 아무래도 온난화 현상이 아닐까.

"레아!"

그때 누군가 뒤에서 레아의 이름을 크게 불렀다. 레아는 천천히 브레이크를 당겨 잡았다. 끼이익, 자전거 바퀴가 마찰음을 내며 정지했다. 소리가 난 쪽을 돌아보니, 자신을 향하여 누군가가 뛰어오고 있었다. 야구 모자를 쓰고 트레이닝복을 입은 남학생이었다. 그는 체격이 아주 좋아 보였다.

"아키라?"

이번 고시엔에서 대망의 우승을 차지한, 소망고의 에이스 타자 아키라였다.

"어디 가는 길이야?"
"엄마 심부름이 있어서. 넌 야구부 연습하러 가는 거야?"

아키라는 바싹 깎은 뒷머리를 슬쩍 매만진다.

"아, 응. 그렇지."

아키라에게서는 우쭐대는 모습은 좀처럼 찾아볼 수 없었다. 자신을 영웅이라고 자화자찬하거나, 아니면 그러한 영웅들을 숭배하는 것으로 우쭐대는 것 말이다.

"오, 나도 시간이 되면 보러 갈게!"
"그래, 좋아."

아키라는 한쪽 입가를 올리며 잔잔하게 웃었다. 그 특유의 여유로운 미소는, 동년의 어느 여학생이 보더라도 반할 법했다.

"이번 정류장은 소망 고등학교 앞입니다."

교통 카드를 찍고 하차한 아키라는, 소망학원 고등부(所望學院高等部)라고 한자로 새긴 간판 앞에 멈춰 섰다.

8월의 교정은 시간이 멈춘 것처럼 고요했다. 방학이라 학생들은 보이지 않았다. 단지, 몸이 굵은 체리 나무와 플라타너스 나무의 잎사귀가 너풀거리고. 푸르른 잔디밭이 짙은 녹음의 계절을 향유하고 있었다. 아키라는 평화로운 풍경을 만끽하며 야구 연습장으로 향했다. 고시엔 이후로 첫 훈련이었다. 아키라의 심장은 두근대기 시작했다. 곧, 초록색 그물망이 높이 걸린 울담 너머로, 몇몇 부원들이 보였다. 그들은 흙바닥을 다지며 그라운드 정비를 하고 있었다. 아키라는 연습장 문을 열며 평소처럼 유유히 들어갔다.

"오, 아키라?"

그러나 그라운드 정비를 하고 있는 것은 야구부원들이 아니라, OB(졸업생)들이었다. 그렇게 낯선 졸업생들의 얼굴을 맞닥뜨린 아키라의 안색은 당혹스러운 듯 금세 변했다.

"아, 안녕하십니까!"

아키라가 예의를 깍듯이 차리며 허리를 넙죽 굽히자,

"널 꼭 만나고 싶었다!"

하고 반색하는 그들은 아키라의 손을 덥썩 잡는다.

"이쪽은 곤도 씨, 이쪽은 마츠나가 씨."
"반가워. 나는 도쿄에서 역무원으로 일해."

그들은 소망고의 우승 소식에 갖가지 선물을 들고 이곳에 찾아온 것이었다. 그들의 나이는 20대부터 가정을 이룬 30대 후반까지 다양했고, 직업도 서로 달랐다.

"정말이지, 네 활약이 대단했어."
"사인 좀 부탁해도 될까?"

OB들은 미리 준비한 종이와 펜을 다짜고짜 내밀었다. 그러자 아키라는 조금 머뭇거리는 듯하더니, 이내 붓글씨 같은 필체로 이름을 흘려 적는다.

"자자, 이제 연습 시작해야 하니까."

소망고 야구부의 젊은 코치인 케이타로가 팔짱을 긴 채 어느새 다가와 있었다. 그러자 마츠나가가 금세 신이 난 듯 밝은 표정으로 말문을 열었다.

"케이타로 얘가 나랑 동기인데 말이야, 고등학교 시절에는, 흡!"

그러자 케이타로는 말하고 있는 마츠나가의 입을 얼른 손바닥으로 가로막는다.

"자, 다들 얼른 옷 갈아입고 나와. 곧바로 연습 시작할 테니까."

하고 애써 진중하게 말하는 코치의 단단한 팔을 붙잡고 버둥거리고 있는 마츠나가를 보면서,

"네, 넵!"

야구부원들은 마지못한 표정으로 대답하며 탈의실로 얼른 달

려간다.

"서 있다고 생각하는 자는 넘어질까 두려워해야 합니다. 되지 못하고 된 줄로 알면 그야말로 큰 오산이지요."
"네, 감독님. 명심하겠습니다."

하루 전, 그러니까 어제. 소망고 야구부 감독은 수비 코치인 케이타로에게 단단히 일러두었다. 이로써 야구부는 맹훈련으로 다시 돌입하고 있었다. 소망고 야구부 훈련의 절반은 달리기였다. 감독은 '기본에 충실할 것'을 늘 강조하며, 기초 체력을 기르는 것뿐만 아니라 유연성 훈련도 빠트리지 않았다. 감독은 으레 뒷짐을 지고 걸어와,

"몸이 딱딱한 선수 가운데 명선수는 없지요."

하고 야구부원들에게 훈계하곤 했다. 더욱이 소망고는 의료계와도 협력할 정도로 야구부에 전력을 기울이고 있었다. 운동처방학과 교수를 야구부장으로 영입하며 학생들의 부상과 몸 관리에도 세심하게 신경을 쓰고 있었다.

"요즘 애들은 하드웨어가 좋다야. 난 우유만 열심히 마시면 키 크는 줄 알았는데."

한편, 내심 부러운 표정을 보이는 OB들은 벤치에 앉아 시원한 레몬차를 마시며 운동장을 달리는 후배들을 흐뭇하게 지켜보고 있었다.

"자, 이번엔 모래주머니를 차고 운동장 10바퀴다."

두 무릎을 손으로 짚고 헉헉대고 있는 야구부원들에게, 코치는 지체 없이 고했다. 그러자 OB들이 이를 알고 얼른 모래주머니를 챙겨들었다. 그리고는 연습용 유니폼을 입은 후배들의 종아리에 모래주머니를 매어 주기까지 한다.

"선배님. 이렇게까지 하지 않으셔도 됩니다!"

야구부원들은 죄송스러운 표정으로 고개를 몇 번이나 조아렸다. 그러나 OB들은,

"아니야, 내겐 영광이지."

밝게 웃으며, 스트랩을 당겼다. 곧 뛸 준비가 다 되자,

"자, 주장부터 차례대로 기합을 넣으며 뛴다. 실시!"

코치가 호루라기를 불었다. 주장 사츠, 부주장 이츠키, 포수 준이

맨 앞줄에 섰다. 그 뒤로 세 명씩 줄을 선 순서대로 돌아가며 기합을 넣었다.

"소망고 화이! 팅! 화이! 팅! 화이팅!"

야구부원들의 우렁찬 기합 소리가 운동장을 꽉 메운다. 운동화를 신고 흙바닥을 뛸 때마다 부연 흙먼지가 아지랑이처럼 일렁인다. 이제 그들에게는 너무나도 익숙해진 풍경이다. 그러나 고통만큼은 익숙해지지 않는다고, 가쁜 숨을 내뱉는 아키라는 머릿속에 점점 선명해지는 한 형상을 떠올렸다. 오늘 아침에 만났던 한 소녀의 얼굴을. 레아라는 두 글자 이름과 오목조목하게 창조된 이목구비를. 새하얀 달처럼 아름다운 얼굴의 반쯤은, 오래된 화상으로 망가져 있었던 것을, 아키라는 기억했다. 갈빛 두 눈동자 아래로, 그리고 코와 입술 옆에. 상처가 아문 자욱으로 피부는 울퉁불퉁 일그러져 있었다.

아키라는 지친 눈동자를 돌려 벤치를 슬쩍 쳐다보았다. 후배들을 응원하고 있는 OB들, 매니저 사이에서 레아의 얼굴은 보이지 않았다. 내가…, 뭘 기대하고 있는 거지. 곧장 고개를 슬쩍 흔들며 정신을 깨우는 아키라. 그의 날 선 턱을 타고 땀방울이 뚝, 흘러내린다.

1장

불 속의
재목

1

"퇴근하십니까?"

야근이 잡힌 신입 사원이 이미 울상이 되어 기지개를 쭈욱 펴며
말했다.

"그래. 수고해."

츠바키는 어깨에 멘 서류 가방의 끈을 잡으며 뒤돌아섰다. 10년
전, 츠바키는 교토에서 하치노혜로 이사 온 후, 한 벤처 기업에서 쭉
일해 왔다. 그래, 벌써 *10년이나 지나 버렸나.* 사무실을 나온 츠바
키는 엘리베이터 문에 희끄무레하게 비치는 자신의 모습을 바라보
았다. 불꽃놀이처럼 오색찬란했던 청춘은 사라지고, 어느새 불혹을

한참 지난 중년이 되어 있었다.

곧, 띵동, 하는 도착음이 울렸다. 휴대폰을 보며 기다리던 사람들은 엘리베이터에 타기 시작했다. 엘리베이터 안에는 서늘한 에어컨 바람이 새어 나오고 있었다. 문득 츠바키는 자신이 이곳에 서 있는 까닭을 생각해 보았다. 이제는 제법 어른티가 나는 아들들의 모습이 떠올랐다. *에다와 아키라. 그들을 위해 나의 피와 살을 내어 줄 수 있을까.* 다시 자문하는 츠바키는 잠시 회상에 잠긴다.

"아빠, 이 글러브 어때요?"
"오, 그래, 괜찮아 보이네. 사장님, 이 글러브는 얼마입니까?"
"네네, 손님! 아, 그 제품은 2만 엔(원화로 20만 원 정도)이에요. 꽤 저렴하게 잘 나왔죠."

꽤나 오래전 일이었다. 아키라와 스포츠용품점에 갔다가, 글러브 하나만 사고 나올 수밖에 없었다. 야구는 돈이 제법 많이 들기에 부담이 되는 건 사실이었다. 츠바키는 비용을 아끼기 위해 배팅 장갑 대신, 공사 현장에서 쓰는 목장갑을 준 적도 있었다. 물론 아키라는 묵묵히 목장갑을 받아 썼지만, 목장갑의 유용성은 얼마 가지는 못했다. 배트를 잡기에는 잘 미끄러지는 것이다.

"…아름다운 저녁입니다. 여러분, 웃음은 최고의 화장품입니다. 웃음으로 아름다운 얼굴을 만들어 보세요."

밝고 경쾌한, 여성의 목소리. 츠바키의 자동차 라디오에서 나오는 소리였다. 그의 자동차는 곧 도로 위 빨강 신호등 앞에 멈추어 섰다. 츠바키는 신호를 기다리는 동안, 차창 밖을 문득 내다본다. 츠바키의 얼굴이 비치는 차창 너머로, 한 건물이 유독 그의 눈길을 이끈다. 최근에 개업한 것처럼 보이는 카페였다. 'fungo'라는 이름의, 빨간색 영문자 간판이 단출하게 걸려 있는.

펑고? 야구 용어인데, 카페 주인이 야구를 좋아하나? 츠바키는 갑자기 호기심이 생겼다. 곧 신호등에 초록색 신호가 반짝이자, 츠바키는 액셀 페달을 서서히 밟으며 핸들을 돌렸다.

"어서 오세요, 손님."

문을 열고 들어간 카페 안에는 체리꽃 향기로 그득했다. 점원의 친절한 인사에 츠바키는 제대로 쳐다보지도 않고 끄덕이더니,

"홍차 케이크 하나 포장해 갈 수 있나요?"

들고 있던 지갑에서 지폐를 꺼냈다.

"츠바키? 츠바키 맞아?"

그때였다. 자신의 이름이 분명하게 들린 것은. 츠바키는 고개를

들어 자신의 눈앞에 보이는 점원을 쳐다보았다. 점원은 염색한 갈색 머리를 질끈 묶고 야구복 같은 줄무늬 앞치마를 두르고 있었다.

"츠바키 맞지?"

하고 그녀는 놀란 표정으로 되묻고 있었다.

"아…."

츠바키는 낡은 지폐를 그대로 손에 든 채,

"하…나노? 하나노야?"

오랫동안 부르지 않았던 이름 석 자를 자신 없는 말투로 불렀다.

"그래, 츠키미 하나노야!"
"아, 하나노가 맞구나! 네가 이곳엔 어쩐 일이야? 이사 온 거야?"
"응, 그렇게 됐네. 남편이 자기 고향에서 살고 싶대서."

하고 즐겁게 말하는 하나노의 네 번째 손가락에는 금반지가 끼워져 있었다. 수많은 계절에 닳고 닳아, 빛이 바랜 금반지가.

"그렇구나, 정말 반갑다! 이렇게 만나다니, 하하."

"그러게, 대체 몇 년 만이야! 네 아들이 타마가와 아키라 맞지? 고시엔 결승전에서 홈런 친 거 봤어!"

"아, 그래? 어떻게 알았어?"

"그야 타마가와라는 성도 같고. 우리 같은 야구부였잖아. 아키라가 네 아들이라고 동기들 사이에서 소문이 났어. 물론, 좋은 소식이니까."

하고 하나노는 웃으며, 새하얀 케이크 박스를 꺼내 조립했다. 두꺼운 종잇조각이 스치는 소리가 들리고, 그것을 지켜보는 츠바키의 머릿속에도 오래된 기억의 파편들이 조립되기 시작했다. 그래, 하나노는 나와 같은 고등학교 야구부였다. 하나노는 야구부 매니저, 나는 주전으로 뛰지 못해 늘 벤치에 앉아 있었던. 보충 역할 밖에 못하는 일개 부원이었다. 그러나 그 누구보다 열심히 연습하고 뛰어야 했다.

"츠바키. 왼쪽 어깨를 더 집어넣고."

"이렇게요?"

"자신감 있게 쳐 보라구."

"네, 코치님."

"적어도 5백 번은 하고 가야 해."

"네, 코치님."

츠바키는 이제는 더 이상 못하겠다, 그만두자, 라고 생각될 때까지 연습을 했다. 그러나 실력이 잘 늘지 않는 것 같은 막막함에 가슴속으로 눈물을 많이 흘려야 했다. 그럴 때마다 츠바키는 스스로에게 재능이 없는 것이라고 평가했다. 야구를 좋아하고 경기장에 당당히 서고 싶었지만, 자신이 꿈꾸고 있는 이상과는 점점 더 멀어지는 것 같은 괴리감, 그 초라함은 어찌해야 할까.

"츠바키. 시간 있으면 캐치볼 좀?"

츠바키가 18살이던 해였다. 야구부 연습이 끝나고 혼자 야구공을 닦으며 뒷정리를 하고 있던 그에게 한 야구부원이 다가와서 캐치볼을 부탁했다. 그의 동급생인 히로토였다.

"아, 히로토! 연습 더 하려는 거야?"

츠바키의 질문에 히로토는 그저 고개만 끄덕인다.

"역시 열심이구나!"

하고 츠바키는 글러브를 손에 다시 끼고, 야구공을 챙겨 쥐었다. 곧 둘은 연습장에서 공을 한참 동안 주고받았다. 그러나 히로토의 얼굴은 어딘가 그늘이 서린 것 같이, 어두워 보였다. 츠바키는 그가 단순히 고민이 있거나 지쳐 있는 것이라고 생각했다. 시간이 얼마나 흘렀을까. 히로토는 이마에 맺힌 땀을 옷깃으로 닦으며 저벅저벅 걸어왔다. 야구공을 쥐고 있는 츠바키에게로, 천천히. 히로토의 얼굴은 그의 눈앞에 선명하게 드러나고 있었다. 가까스로 마주한 둘의 짧은 머리칼 끝이 서서히 지기 시작한 볕에 비쳤다. 그 희붐한 빛 가운데 드러나는 히로토의 표정은 불안정해 보였다.

"츠바키, 궁금한 게 하나 있어."

"그래? 뭔데?"

"일본과 한국이 야구 시합을 붙게 된다면, 넌 어느 나라를 응원할래?"

순간 츠바키는 아무 대답도 할 수 없었다. 츠바키는 재일 한국인이고, 히로토는 일본인이었다. 히로토는 츠바키를 노려보기 시작했고, 그의 무정한 눈빛은 츠바키를 두렵게만 했다.

"무, 무슨 말을 듣고 싶은 거야?"

"그야, 너는 조선인이고. 갑자기 궁금해져서. 어느 나라를 응원할래?"

조선인이라는 단어에 서린 어감이 나빴다.

"나는…."

다시 입을 떼려던 츠바키는 갑작스레 윽, 하고 뒤로 나가떨어졌다. 그가 쥐고 있었던 야구공도 흙바닥 위로 떼굴떼굴 굴러갔다. 츠바키는 곧 괴로워하는 얼굴로 자신의 허벅지를 움켜잡았다. 히로토가 야구화 밑창에 날카로운 스파이크로 츠바키의 허벅지를 세게 걷어찬 것이다.

"야! 히로토! 너 뭐하는 거야!"

이를 뒤늦게 발견한 야구부 매니저 하나노가 부리나케 달려오고 있었다. 긴 머리칼들이 바람결에 뒤엉킨 채. 하나노는 신음을 토하고 있는 츠바키의 어깨를 잡았다.

"츠바키 저 녀석 너무 재수 없단 말이야."
"그 말 취소 못 해? 지금 감독님께 바로 말씀드리겠어."
"쳇, 그러든가."

히로토는 싸늘하게 내뱉고는 등을 돌려 걸어갔다. 저녁노을 아래, 저편 구석으로 사라지는 히로토의 어두운 뒷모습은 날개 꺾인 타락천사 같았다. 츠바키는 밑 입술을 꾹 깨물며 울분을 겨우 삼켰다. 여학생인 하나노 앞에서 눈물을 보이기가 싫었던 것이다.

"성질 더러운 녀석이니까, 절대 상처받지 마. 네가 잘못한 거 하나 없어."

라고 말하는 하나노의 결연한 표정에 츠바키는 아무 말도 하지 못한 채, 욱신거리는 허벅지만 움켜쥐고 있었다.

"츠바키. 괜찮아?"

괜찮아? 하나노의 목소리는 다시 연이어 들려왔다. 마치 벚나무에서 떨어지는 꽃잎처럼. 츠바키의 귓가에 너풀너풀 떠돌기만 하는.

"저 귀화하고 싶어요."

그 날 저녁, 힘겹게 귀가한 츠바키는 방석을 깔고 앉아 있는 부모님 앞에서 무릎을 꿇고 고백했다.

"갑자기 그게 무슨 소리냐."
"저 일본으로 귀화하고 싶다구요."
"츠바키, 여태껏 잘해 왔지 않니."

부모님은 따뜻한 찻잔을 나무 쟁반에 내려놓으며, 츠바키를 다독였다.

"잘해 왔다구요? 그저 무식하게 참은 것뿐이라구요."
"그렇지 않다, 츠바키."
"이제는 너무 힘들어서요. 저도 사람 대우받고 살래요."

"츠바키, 조금 더 인내하자꾸나. 여기서 주저앉으면 일어서기가 더 힘들게 된다."

일어서기가 더 힘이 들게 된다…. 츠바키는 한숨을 후, 하고 내뱉었다. 마음을 추스르는 것이다. 그리고 그는, 기도를 좀 해야겠어요, 란 말을 겨우 토설하며 일어섰다. 곧, 자신의 방으로 느리게 걸어 들어가는 츠바키.

탈칵, 자신의 방문을 열자, 벽 한구석에 붙어 있는 한 포스터가 제일 먼저 보였다. 츠바키가 가장 좋아하는 프로 야구 선수의 포스터였다. 그것은 야구부 감독님의 선물이었다. 공을 던지고 있는 선수의 굳건한 얼굴과 무기력한 자신의 얼굴은 서로 대조적이라고 츠바키는 느꼈다. 그리고는 무언가를 다시 확인하려고 벨트를 풀기 시작했다. 곧 드러나는, 자신의 허벅지 살갗에는 야구화 스파이크에 찍힌, 시뻘건 피멍 자국들이 선명했다. 츠바키는 몸에 힘이 풀리는 것을 느끼며, 허름한 이부자리 위에 그대로 엎드려 서럽게 울기 시작했다. 그동안 가슴 한편에 고이 묻어왔던 분노와 원망, 자책과 연민, 그 검고 시퍼런 감정들이 탁한 물감처럼 뒤섞여 올라왔다.

"츠바키!"

그때 방문을 열고 들어온, 츠바키의 엄마가

"많이 속상했지?"

엎드려 울고 있는 아들의 등을 부드럽게 쓰다듬어 주었다.

"츠바키. 엄마 얘기를 좀 들어 보렴. 귀화하면 행복할 것 같니? 사실 그렇지도 않단다. 귀화한 교포가 정신적으로 더 힘들게 살 수 있어. 같은 교포에게는 반역자, 일본인에게는 여전히 한국놈 취급을 당하면서 말이야. 일본이라는 나라의 일원이 되었는데도 일본사람은 가짜라고 부르고, 같은 피를 가진 사람에게는 배신자라고 뒷손가락질을 받는단다."

이 얘기를 가만히 듣고 있던 츠바키의 울음소리는 더 격해지기 시작했다. 안쓰러운 얼굴로 바라보는 그녀는 아들의 등을 달래듯이 다독거렸다. 그리고는 곧 따뜻한 수건을 가져와, 아들의 부어오른 허벅지에 손수 찜질을 해 주었다.

"저 어떻게 살아야 해요? 자신이 없어요….""

츠바키의 흐느끼는 목소리를 듣는 엄마는 위로하듯이, 찬송가 가사를 은은하게 흥얼거리기 시작했다.

"어려워 낙심될 때에 주 너를 지키리. 위험한 일 당할 때 주 너를 지키리. 주 너를 지키리, 아무 때나 어디서나….""

"이게 지켜 주시는 건가요?"

츠바키는 눈물을 뚝뚝 흘리며 저도 모르게 화를 버럭 냈다.

"하나님께서는 늘 감당치 못할 시험은 허락하지 않으셔. 너를 믿으시니까."

다음 날, 웃는 얼굴로 등교한 츠바키, 그는 한국인이라는 정체성을 포기하지 않았지만, 그 일로 야구부를 나오게 되었다. 그리고 더 이상 야구공을 손에 잡지 않았다. 쉬는 시간에나 하교할 때나 야구부 학생들이 연습하는 것을 멀찍이 바라볼 뿐이었다. 히로토는 츠바키와의 일로 학교에서 교내 봉사와 특별 교육 징계를 받았지만, 반성하는 기미를 전혀 보이지 않았다. 오히려 츠바키와 마주칠 때마다 경멸과 비웃음을 내비칠 뿐. 히로토는 변하지 않았다. 이후로 츠바키는 수험 공부에만 매진하기 시작했고, 뛰어난 성적으로 일본의 명문대에 입학할 수 있었다. 그러나 20살부터 시작된 캠퍼스 생활도 녹록지는 않았다. 그는 일본인 학생들에게 기가 눌려 늘 도서관이나 실험실에만 틀어박혀 있었다.

그러던 어느 날. 츠바키는 수업이 없는 토요일, 학생 식당에서 점심을 먹고 운동장 주변을 걸어가는 중이었다.

"어이! 거기 공 좀 던져 줘!"

라는 외침이 갑자기 크게 들려왔다. 그리고 운명처럼, 새하얀 야구 공이 그의 발 앞에 데굴데굴 굴러왔다. 츠바키가 고개를 들자, 저 멀리서 야구 동아리 학생들이 두 팔을 흔들며 힘껏 소리치고 있었다.

"공 좀 던져 줘!"

츠바키는 그 새하얀 물체를 바라보며, *야구공이잖아…?* 잠시 망설였다.

"야, 쟤 뭐하냐? 비리비리한 게 서 있기만 하잖아. 그냥 네가 가져와라, 에휴."

야구공을 줍지 않고 가만히 서 있는 츠바키를 보며,

"에이, 그럴까?"

하고 야구 동아리 학생들은 하는 수 없다는 표정으로 서로 얘기했다. 그들 중 한 학생이 공을 줍기 위해 발을 막 내디뎠을 때, 야구 공은 츠바키의 손에 이미 들려 있었다. 곧 츠바키는 망설임 없이 그들을 향해 공을 힘껏 던진다. 공은 흔들림 없는 포물선을 그리며, 가죽 글러브에 쏙 맞아 꽂혔다.

"어라? 뭐야, 저 녀석 좀 던져 본 솜씬데?"

학생들은 의아해하며 글러브에 꽂힌 공을 쳐다보았다. 그러자 츠바키는 그들을 보며 씨익 웃었다. 그들도 고맙다며 손을 흔들었다. 이 평화로운 풍경조차도, 이내 강물처럼 조용히 흘러가 4년의 캠퍼스 생활을 모두 마친 츠바키. 그는 재일 한국인이라는 이유로 취직이 순조롭지 않았다. 명문대 출신도, 학부 성적도 좋았지만, 그가 원하는 회사에서는 재일 한국인이라는 이유로 선뜻 채용해 주지 않았다.

"재일 한국인들은 세금도 떼먹는다고 합니다."

등과 같은 험담도 들어야만 했다. 츠바키는 대학원 진학도 고려해 봤지만, 경제적인 여유가 없었다. 그렇게 자신의 마음대로 잘되지 않는 진흙탕 현실 속에서 그는 결국 사랑하는 한 여자를 만났다. 술람미 여인처럼 얼굴도 검고 썩 예쁜 얼굴은 아니었지만, 영혼이 아름다운 여인이었다. 츠바키는 그녀와 결혼한 지 1년 만에 낳은 첫째 아들에게는 '진리'라고 이름을 붙여 주었고, 3살 터울의 둘째 아들은 '영광'이라고 이름을 지어 주었다. 그리고 진리는 에다, 영광은 아키라라고 불렀다.

"츠바키, 이렇게 만난 것도 인연인데. 차 한 잔이라도 하고 가."

츠바키는 고교 시절보다 살이 붙고 주름진 얼굴의 하나노를 바라본다. 그러나 세월이 지나도 그녀의 정성스러운 마음씨는 변함이 없었다.

"미안, 하나노."

그렇게 자신을 진실하게 돕는 일본인도 있었는데,

"지금은 좀 그렇네."

야구부를 그만둔 이후로 하나노 뿐만 아니라 야구부원들과는 거리를 멀리 두었다.

"그래, 그럼 메일 주소라도 알려 줘, 츠바키."

하나노의 말에 츠바키는 그래, 하고 웃었다. 자신의 지갑 속에 명함을 꺼내 그녀에게 내밀었다. 명함을 받아든 하나노는 자신의 앞치마 주머니에 챙겨 넣는다.

"츠바키, 케이크는 선물이야."

츠바키의 눈앞에 잘 포장된 케이크 박스가 가지런히 놓여 있었다.

"아냐, 왜 이래."

하고 츠바키는 고개를 저으면서 지폐를 내밀었지만,

"이렇게나 오랜만에 만났는데! 제발 받아 줘."

하나노의 자못 진지한 표정에 츠바키는 차마 거절할 수 없었다. 새하얀 케이크 박스에는 'fungo'라는 빨간색 글자가 또렷하게 적혀 있었다. 마치 새하얀 야구공에 박힌 빨간색 실밥처럼.

"여어, 아빠 왔다."

한 손에 케이크 박스를 든 츠바키가 현관에 구두를 벗으며 들어가자, 거실에 아키라가 테이블 앞에 앉아 있었다. 갓 샤워를 마친 듯 물기 젖은, 아키라의 머리 위에는 새하얀 타월이 얹혀 있었다.

"잘 다녀오셨어요?"
"그래, 뭐하는 중이냐."

츠바키는 아키라에게 가까이 다가갔다. 원목 테이블 위로, 아키라의 투박한 두 손에는 직사각형의 엽서 한 장이 들려 있었다.

"아, 저한테 편지가 와서요."

수건 아래로 드러나는 아키라의 표정은 어쩐지 결연해 보였다.

"나카츠키 카이토가 보냈어요."
"나카츠키 카이토?"

카이토는 이번 고시엔 결승전에서 붙었던 제일고의 에이스 투수다. 카이토는 고시엔에서도 강속구로 많은 타자를 삼자범퇴[4]시켰다. 앞으로도 좋은 성적을 유지한다면 그의 프로 지명은 확실했다.

to. 아키라
뜨거운 여름날, 너와 승부한 것에 후회는 없다.
내년에는 더 강해져 올 테니 긴장하고 있어.
그때는 결코 득점을 허락하지 않을 테니까.
from. 카이토

엽서 뒷면에는 카이토가 펜으로 또박또박 눌러 쓴 글자가 쓰여 있었고, 엽서 앞면에는 으리으리한 오사카 성의 천수각이 맑은 수채화로 그려져 있었다. 그 오래된 건축물 주위로 작은 반딧불이 푸른빛을 발하며 날아다니는 장면은 마치 머나먼, 아득하기만 한 꿈결 같았다.

"감사할 일이 생겼구나."

....
4   공격 팀의 세 명의 타자가 진루나 득점을 하지 못하고 연달아 모두 아웃되는 경우를 말한다. 특히 투수가 공을 3번만 사용해 삼자범퇴를 시키는 경우를 삼구 삼자범퇴라고 한다. – 위키백과

"흠, 이건 우정 편지가 아니라 도전장인데요."

"에이스에게 도전장을 받다니, 감사한 일이 아니냐, 하하."

츠바키의 말에 아키라는 긴장이 풀린 듯 한쪽 입가를 올리며 씨익 웃었다.

"글쎄요, 저는 그저 야구를 계속 좋아할 수 있었으면 좋겠어요."

그 말에 츠바키의 머릿속에는 자신의 암울했던 청소년 시절이 떠올랐다. 야구를 좋아했지만, 야구공을 더 이상 잡지 않았던 그때.

"그렇게 될 거라고 아빠는 믿는단다."

해가 갈수록 야구 선수를 지망하는 학생들은 늘어 가고만 있었다. 프로에 지목되기 위한 이들의 경쟁은 대학 입시보다 치열했기에, 그저 야구 선수를 '꿈꾸는 것'만으로는 역부족이었다. 그렇게 꿈을 이루기 위한 현실은 척박했다.

"내일 일은 내일을 위하여 염려하고, 자자, 맛있는 케이크나 먹어 볼까."

츠바키는 활짝 웃으며 아키라의 맞은편에 앉아 새하얀 케이크 박스를 열었다.

"오?"

아키라는 갈빛의 홍차 케이크를 보자마자 좀 전의 일은 금세 잊어버리는 표정이다. 아키라는 축축한 수건을 벗고 츠바키와 함께 식기도를 드린다. 비누 향이 채 가시지 않은 두 손을 꼭 맞잡고서.

2

어느 한여름의 밤은 아마도 과연 꿈속 같았다. 구름이 떠다니는 하늘에서는 불덩이들이 높이 치솟아 올랐다가, 별빛처럼 반짝이며 떨어지고 있었다. 화드득화드득, 펑펑, 고막을 크게 울리는 화염 소리가 도시 사람들의 시선을 이끈다.

"저것 봐, 예쁘다!"
"매화 같아!"

불꽃놀이를 구경하는 이들은 감탄을 마지않았다. 곧 신기루처럼 사라져 버리고 말지만. 그 신기루 같은 것들을 계속 기다리며. 무더운 저녁 공기 속에서도 사람들은 환상적인 불꽃놀이를 지켜보고 있었다. 거리의 어떤 남자들은 소매 깃이 넓은 유카타를, 또 어떤 여자들은 머리에 화려한 꽃핀을 꼽고 알록달록한 유카타를 차려입은 채, 딸그락, 나막신 소리를 내며 돌아다녔다. 각종 간이음식점 앞에

는 먹거리를 사 먹는 사람들도, 또 한편에서는 그물로 금붕어를 잡
는 게임을 하는 사람들도 보였다. 활짝 웃는 모습이 행복해 보여도,
그들은 내심 어떤 생각들을 하고 있는 것인지.

"우와!"

시원한 민소매 옷과 반바지를 입은 에다와 아키라는 불꽃놀일랑
은 잊어버리고 반딧불 구경에 한창이었다. 생생하게 자란 풀과 꽃
들 사이로, 녹색의 광채들이 자유로이 떠다니고 있었다.

"형아, 저것 좀 잡아 줘!"

어린 아키라는 작은 손으로 에다의 옷자락을 붙들었다.

"응, 형아가 잡아 줄게!"

더운 날씨에 땀을 뻘뻘 흘리고 있는 에다는 불빛이 있는 공중으
로 손을 뻗어 단숨에 움켜쥐었다. 그는 잔뜩 긴장된 표정으로, *잡았
다!* 하고서 손가락을 조금 펴 본다. 그러나 안에는 아무것도 보이지
않았다. 실망한 표정의 에다는 다시 손을 뻗어 불빛을 잡는다. 다시
손을 펴 보지만, 역시나 빈손이다.

"어라?"

"형아, 잡았어?"

아키라가 두 눈을 동글동글하게 뜨고 에다 옆에 다가왔다.

"햐, 이놈들 빠르네."

내가 꼭 잡아 줄게, 에다는 형아만 믿으라며 다시 비장한 표정을 지었다. 그때 갑자기, 그들 뒤로 큰 그림자가 어둑하게 드리웠다.

"짠!"

에다와 아키라의 엄마였다. 그녀는 자신의 두 손등을 말아 포갠 채, 아들들의 눈앞에 대어 주었다. 그녀의 손가락 틈 사이로, 환하게 보이는 것은,

"어? 여기 빛이 난다!"
"와, 반딧불이다!"

해맑은 표정의 에다와 아키라는 깡충깡충 뛰며 만세를 불렀다. 그러자 그런 아들들의 모습을 보는 엄마는 반딧불의 빛보다도 환하게 웃어 보였다.

"아키라…? 무슨 생각해."

"아, 아니에요. 아빠."

"불꽃놀이를 보면서도 감흥 없이 보길래…."

저녁 하늘에서는, 색색의 불꽃이 흩날리며 떨어지고 있었다. 마치 꽃잎이 하롱하롱 지는 것처럼. 여름의 습한 바람을 맞으며 베란다에 선 아키라는 아빠에게 나지막이 대답했다.

"잠시 엄마 생각을 했거든요."

몇 년 전, 아키라의 엄마는 걷잡을 수 없는 화염 속에서 사라져 갔다. 그녀의 형체는 다시 찾을 수도 없이, 차가운 쇳덩이 아래로 묻혀 버렸다. 눈에 보이는 것이라고는, 온통 구겨져 버린 고철들뿐. 그것은 영국의 리버풀가 역을 지나고 있던 지하철이 폭파된 것이었다. 500만 명이 넘는 무슬림들이 사는 영국은 무슬림들의 잦은 테러로 위험했다. 아키라의 엄마도 지하철을 타고 있다가 갑작스레 테러를 당한 것이었다. 그때의 테러 현장은 이루 말할 수 없이 참혹했다. 하늘 위로는 검붉은 연기만이 치솟았고, 그 무질서한 불길을 뒤덮은 먼지 안개가 넘실대고 있었다. 공중에는 까악까악, 흑암의 까마귀 떼들이 날아다니며 불행한 결과를 알리고 있었다. 예기치 않게, 완전히 폐허가 되어 버린 곳은 지옥의 광기를 그대로 담아내고 있었기에. 현장에 모여든 의료진, 경찰, 기자들뿐만 아니라 모두 횡설수설하고 있었고, 큰 충격을 받아 새파랗게 질려 있었다.

그것은, 태양이 지지 않는 나라라고 불렸던 영국의 황혼이었다. 아니, 태양은 이미 진 지 오래였다. 한밤중 같은 영국이었다. 영국에는 무슬림들이 거대한 집단을 이루고 있으며, 그들이 끔찍한 테러, 방화, 폭동, 여성에 대한 무차별 강간 등의 사악한 범죄를 저질러도 영국 정부와 언론, 경찰은 하나같이 쉬쉬하고만 있었다.[5] 그것은 ' 차별금지법'이라는 이상한 법 때문이었다. 무슬림들을 차별하지 말자는 이 악법 때문에, 무슬림들이 어떤 극악무도한 짓을 해도 처벌하지 않았다. 샤리아라는 무슬림들만의 특별한 법, 문화, 교육, 정치가 있다는 이유를 들먹이며 말이다.

"그래, 아빠도 엄마가 너무나도 그립단다."
"엄마는…, 천국에서 행복하게 지내고 계시겠죠?"

그리움이 아픔보다 더 컸다. 츠바키는 아무 말 없이 고개를 끄덕이며, 아들의 어깨를 다정하게 두드렸다.

....

5   "wcc 운동 고발 본부". 차별금지법과 이슬람은 국가운명의 문제이다, http://www.accusation.kr/board/board.php?board=myhomeboard&category=11&command=body&no=1406

2장

왕자병과
전학생

1

"하나아! 둘!"

기합을 크게 넣는 소망고 야구부원들은 오늘도 흙바닥을 뒹굴고 있었다. 구슬 같은 땀이 그들의 온몸에 흘렀다.

"아오, 오늘 왜 이렇게 빡세냐."

하고 맨 끝 뒷줄에서 포복 전진하고 있는 준이 괴로운 표정을 지으며, 불에 타는 듯한 숨을 내뱉었다.

"그러게. 왠지 벌 받는 것 같잖아."

준의 옆에서 같이 기어가고 있는 이츠키가 목소리의 크기를 낮추며 말했다.

"준, 너 잘못한 거 없냐⋯. 생각해 봐."
"내가 뭘? 없어, 인마."

준과 이츠키는 쿵짝이 잘 맞는 배터리(포수와 투수를 묶어 부르는 말)면서, 3학년 동급생이었다.

"아하! 아무래도⋯."
"아무래도?"
"들킨 것 같아. 1학년 리히토 녀석이 말이야."
"리히토가 왜?"
"걔가 감독님 하마 닮았다고 말한 거. 그래서 기합받는 거 아닐까?"

뭔 쌉소리냐⋯? 하고 이츠키는 어이가 없다는 듯이 준을 쳐다본다.

"어이, 거기 배터리. 훈련은 충전이다. 잔말 말고 훈련에 집중해!"

그들을 겨냥한 수비 코치의 말에 킥, 하고 웃음을 터뜨리는 소리가 들려왔다. 충전이래, 충전! 배터리 충전해라! 하고 야구부 동기들이 스스럼없이 농담을 던졌다.

아뇨, 저런 아재 개그를…. 준과 이츠키는 못마땅하다는 듯, 끙, 하고 양미간을 찌푸린다. 야구부원들은 목적지에 닿을 때까지, 포복을 멈출 수 없었다. 바닥을 기어가려고 팔다리를 교차할 때마다, 팔꿈치와 무릎은 굳은살이 박일 것 같이 욱신거렸다. 흙먼지를 뒤집어쓴 부원들의 세찬 숨소리는 끊이지 않는다. 그렇게 땀을 뻘뻘 흘리며 포복 전진하는 야구부원들의 머리 위로 떠다니는 구름은. 어릴 때 야금야금 베어 먹었던 달콤한 솜사탕 같았다. 그리고 하늘은 한없이 푸르기만 했다.

"휴식 시간!"

표시점을 지나자마자 무척이나 기다렸던 소리가 들려왔다. 부원들은 바로 주저앉아 숨을 돌렸다. 코치들과 야구부 매니저는 부원들에게 물병 한 개씩 나눠 준다. 삽시간에 꿀꺽대며 물병을 비우는 부원들 사이로,

"자자, 스트레칭하면서 쉬자구!"

수비 코치는 스트레칭을 시키면서 학생들이 다친 데는 없는지 틈틈이 확인했다. 그리고 곧 다음 훈련으로 넘어갔다. 고무 타이어를 끄는 것까지 모두 마친 부원들에게, 벤치에 앉은 감독은 메가폰으로 훈련 종료를 고했다. 일순간 야구부원들의 얼굴에는 미소가 번졌다. 훈련이 끝났을 뿐만 아니라, 맛있는 점심 식사를 할 생각에 말

이다. 숙소에서 씻기를 마친 그들은 1층 식당에 모였다.

"으앗! 오믈렛 안에 소고기가! 모차렐라 치즈까지 들어 있어!"
"아싸라비아 콜롬비아☆"

야구부원들은 법석대며 아주 맛있게 밥을 먹었다. 포수 준과 투수 이츠키도 식판을 들고 와서 2학년인 아키라와 스카이의 맞은편에 앉았다.

"어이, 아키라. 답장은 썼어?"
"아직이요, 형. 곧 쓰려구요."

하고 대답하는 아키라는 한쪽 입가를 올리며 미소를 짓는다.

"그 카이토한테 답장 보낼 때 말이야, 추신에 이 말도 적어 줘. 다음 대회 때도 우리가 반드시 승리할 거라고."

준이 두 주먹을 불끈 쥐며 얘기한다. 그는 여전히 고교구아다운 꿈을 꾸고 있었다. 그럼 그렇고 말고, 이츠키가 옆에서 추임새를 넣었다. 물론, 3학년들은 졸업한 뒤라 그라운드에 서지 못할 것을 알면서도 2연패 달성을 간절히 원하고 있었다.
2연패 할 수 있을까? 개학하기 하루 전, 아키라는 선배들과의 대화를 기억했다. 아아. 벌써부터 긴장하지는 말자. 내일 일은 내일을

위하여 염려하자고. 그는 야구부 숙소의 201호 앞에 멈춰 서서 문고리에 열쇠를 끼워 넣었다. 철컥, 문손잡이를 비틀자, 새하얀 문이 열렸다. 깨끗한 방 안에는 2층 철제 침대와 책상, 옷장이 보였다. 아키라는 양손에 들고 왔던 짐을 곧 놓아두었다. 그리고 햇볕이 드는 책상 위를 손가락으로 만져 본다. 먼지가 묻지 않았다. 곧 아키라는 이불을 2층 침대 위에 올려 두고는 침대 사다리를 밟고 올라갔다. 새로 빨래한 이불에서는 향긋한 냄새가 났다. 아키라는 이불을 넓게 펴면서, 짐 정리 후에는 잠깐이라도 쉬어야겠다는 생각을 했다.

"…라고?"

그때 문밖으로 잡담하는 목소리가 들렸다. 곧 방문이 삐걱, 열렸다.

"어라?"

침대 2층에 올라가 있는 아키라와 눈이 마주친 그는,

"아키라, 와 있었구나."

아키라의 룸메이트 미나토였다. 미나토는 아키라와 같은 2학년으로, 고시엔에서는 중견수로 뛴 학생이다. 그리고 미나토의 쌍둥이 여동생인 모나는 야구부 매니저였다.

"형, 안녕하세요."

붉은색 야구 모자를 푹 눌러쓰고서 캐리어 손잡이를 붙들고 있는 미나토의 뒤에는, 갈색 머리의 한 남학생이 서 있었다.

"짐 정리 좀 도와주러 왔어요. 하하."

하고 말하는 남학생은 1학년 켄타였다. 켄타는 고등학교에 입학할 때부터 학생들의 입에 자주 오르고 내렸다. 아니, 여학생들의 입에 말이다. 훤칠한 키에 반반한 얼굴, 활달한 성격까지. 많은 여학생에게 호감의 대상이었다. 더욱이 야구부에서 유일하게 군인 머리를 하지 않은 부원이었다. 그것이 켄타에게만은 암묵적으로 용납되는 분위기라고 해야 할까. 옅은 주근깨가 박힌 피부에 또렷한 이목구비, 자연 갈빛을 띠는 생머리는 이국적이면서도 유명한 영화배우 같은 느낌마저 들었다. 이런 남학생이 야구부라니. 켄타가 야구복을 입고 연습을 하고 있을 때면 백네트 뒤로 늘 여학생들이 줄을 지어 구경하고 있었다.

"그래. 편하게 해."

하고 아키라는 사다리를 타고 내려왔다.

"형들, 저 이번 학기도 엄청 기대하고 있어요. 저도 열심히 해서 주전으로 뛰고 싶어요."

하고 켄타의 입에서 밝은 중저음의 목소리가 흘러나온다.

"오, 좋아, 켄타! 이번 학기도 열심히 해 보자."

그들은 서로 사기를 북돋는다.

"참 아키라, 짐 정리 끝나고 카레빵 먹으러 갈래?"

미나토는 캐리어를 눕히고 잠금장치를 풀며 말했다.

"콩카레빵 말이야. 새로 나왔다는데 맛이 대박이래."
"아아, 그래?"

사실 아키라는 체력 관리를 위해 탄산음료나 밀가루를 되도록이
면 피하고 있었다. 아, 빵은 안 되는데…. 하고서 아키라는 미나토를
힐끗 쳐다보았다. 그 어느 때보다 유독 반짝이고 있는 미나토의 눈
빛이란. 도무지 딱 잘라 거절할 수가 없었다. 아키라는 고개를 끄덕
거리며 시선을 거두었다.

"형님들, 이제 슬슬 가 볼까요."

손깍지를 끼고 기지개를 켜는 켄타. 20분 만에 짐 정리를 모두 끝낸 그들은 야구부 숙소를 빠져나왔다.

여름의 끝물에 다다른 교정은 고요하고 평화로웠다. 그러나 내일이면 부쩍 소란스러워질 것이다. 학생들의 자유분방한 웃음과, 뛰어다니는 발자국 소리, 장난스러운 목소리. 그 활기 넘치는 교정 속에서, 그들은 마주치게 될 반가운 얼굴들을 기대했다.

"오늘은 내가 쏠게. 하하."

학교 근처에 있는 베이커리 안으로 들어온 미나토는 카레빵 3개를 골랐다. 미나토가 계산대로 걸어가는 사이, 베이커리에 있는 두 명의 여학생들이 켄타를 쳐다보며 소곤거리고 있었다. 켄타는 진열대를 구경하는 중이었고, 그들의 호기심 어린 눈길을 느낀 그는,

"안녕하세요?"

하고 망설임 없이 고개를 들고 환한 미소를 지었다. 바야흐로 꽃이 지는 가을이 다가왔건만, 웃고 있는 켄타의 주위로는 형형색색의 꽃들이 만발하는 것만 같았다. 금세 두 볼이 빨개진 여학생들은 안녕하세요, 하고 쑥스럽게 인사했다. 켄타는 짐짓 진지한 표정으로 앞머리를 부드럽게 쓸어 올리며 여학생들에게 말을 건넸다.

"음, 제가 들었습니다만, 이 베이커리는 카레빵이 정말 맛….”
“켄타 이 자식, 또 왕자병이 도졌네!”

하고 어느새 다가온 미나토가 미간을 콱 찌푸린 채 켄타의 귀를 잡아당겼다.

“아야야야, 왜 이래요, 형!”
“그만해, 그만!”

미나토와 켄타는 서로 아웅다웅하기 시작한다. 갑자기 소란스러워지고 마는 베이커리 안, 우르르 쾅쾅, 세찬 폭풍우가 치는 듯했다.

“주전 뛰고 싶다며! 그럼 여자부터 끊어, 이 자식아!”
“아, 인사도 못 해요?!”

하아, 이런, 또 시작이군. 하고 조용히 읊조리는 아키라는 그들을 모른 척하며, 점원에게 거스름돈을 대신 받았다.

2

가을로 접어들면서 해안 도시인 하치노헤의 공기는 점점 선선해지고 있었다. 여름보다 빛바랜, 아침 교정에는 느슨해진 햇살의 부스러기들이 흩날리고 있었다. 화단에 피어 있는 코스모스에도, 이름 없는 풀잎과 들꽃과. 플라타너스 나무의 갈빛 밑동에도.

곧, 월요일의 첫 수업 종이 울렸다. 소망고의 새 학기는 어김없이 일정대로 시작되고 있었다. 그러나 문득 닥친, 새로운 변화라는 것은,

"자자, 이제 그만 떠들어 주시겠습니까…. 선생님 와 있잖아요, 여러분. 그렇게 떠드는 것은 선생님을 배려하지 못하는 거예요. 게다가, 흠흠, 우리 반에 새로 전학생이 들어왔으니까 말입니다. 서로 인사부터 나눕시다."

낯선 얼굴의, 한 전학생이 왔다는 것이다. 물론, 여학생일 리는 없었다. 남학생 학급이었으니까.

"안녕하세요. 저는 나루세 에이타라고 합니다."

하고 인사를 하는 남학생은, 둥근 테의 안경을 쓰고, 햇볕을 많이 쬐지 않은 것 같은 흰빛의 피부를 가지고 있었다.

"도쿄에서 왔습니다. 잘 부탁합니다."

1분도 채 걸리지 않은 짧은 소개와 함께 그의 말투는 딱딱했다.

언뜻 프랑스어처럼 들리는, 이곳 특유의 사투리와는 많이 달랐다.

"에이타군은 도쿄에서 쭉 자라 왔다고 해요. 전학이 처음이라고 하니까, 모두 에이타 군을 잘 챙겨 주고, 친구로 잘 지내 주기를 부탁합니다."

하고 말하는 담임은 자상한 미소를 지으며 마무리했다. 그런 뒤, 에이타에게 빈자리라면 어디든지 자유롭게 앉아도 된다며 말했다. 그러나 다른 선택지는 없었다. 빈자리는 하나뿐. 유달리 키가 크고 얼굴이 새카만 학생의 옆자리 말이다. 2-B반은 책상이 세로로 한 줄씩 배열되어 있었기에 짝의 개념은 무용했지만. 옆자리는 옆자리였기에. 하나 남은 빈자리에 가방을 걸며 앉는 에이타는 새하얀 와이셔츠와 모래색 카디건 차림의 학생을 힐끔 쳐다보았다.

"타마가와 아키라라고 한다. 잘 지내 보자."

에이타는 그의 이름을 듣는 순간, 일전에 자신의 아버지가 건네주었던 신문 기사가 기억났다. 에이타, 네가 가게 될 소망고등학교 야구부가 고시엔에서 우승했구나. 스포츠 신문의 컬러 1면에는 '끝내기 홈런'이라는 굵직한 문구와 함께, '타마가와 아키라'라는 이름이 적혀 있었다. 그리고 배트를 휘두르고 있는 선수의 얼굴은 자신과 다르게 남자답다고 생각했다. 그리고 이제는 스포츠 신문 속에 정지된 사진이 아닌, 생생하게 움직이는 그의 구릿빛의 얼굴이 자신을 향할 때, 그와 실제로 마주하는 에이타의 기분은 미묘했다.

"에이타, 한번 블루베리 스무디라고 말해 볼 수 있어?"

영어 수업이 끝나고 쉬는 시간, 2-B반의 몇몇 남학생들이 에이타에게 몰려들었다.

"블루베리 스무디."
"와, 정말 억양이 다르잖아?"

하치노헤의 사투리와 다르다고 느낀 남학생들은 하나같이 놀란 표정이다.

"야야, 너희들 유치하게 굴지 말고."

하고, 우람한 체격에 안경을 쓴 한 남학생이 손을 내저으면서 무리 사이를 비집고 들어왔다.

"안녕, 에이타. 난 쇼라고 해. 반장을 맡고 있지."
"아, 안녕."
"오늘 일정 관련해서 말이야. 우리 학교는 6교시 후에 청소하고, 대부분 부 활동으로 돌아가거든."
"그렇구나."

"혹시 생각해 둔 부 활동 있어?"
"글쎄. 아직⋯."

하고 에이타는 고민하는 듯한 눈치를 보인다. 부 활동 해야 하나. 아, *귀가부*[6]하고 싶다. 하지만, 입시를 생각하면 어쩔 수 없지.

"부 활동하고 싶다면, 지금 정해 두는 게 좋아. 오늘 부 활동 첫 모임이 있거든."
"그렇구나. 넌 무슨 부인데?"

하고 에이타가 묻자,

"서예."

하고 반장은 씨익 웃으며 얘기한다.

"서예? 아, 그렇구나."
"서예는 집중력 향상에도 아주 좋다구."

반장은 에이타의 마른 어깨를 툭툭 친다. 에이타는 웃으면서, 서예라니, 아주 고리타분한 취미를 가지고 있네, 그렇게 속으로 은근

⋯⋯⋯⋯⋯⋯⋯⋯⋯
6   부 활동을 하지 않고 집으로 돌아가는 것을 말함

히 비웃었다.

"참, 그리고 우리 반에는 야구부원도 있어."

반장은 살짝 흘러내린 안경을 고쳐 쓰며, 어느새 자랑스럽다는 듯한 얼굴을 하고 있었다.

"네 왼쪽에 앉아 있는 아키라가 전국 고교생 홈런왕이야."
"아, 그러잖아도 신문에서 봤어."

에이타는 반장과 대화를 하며 왼쪽에 앉은 아키라를 힐끗 쳐다본다. 아키라 또한 몇몇 학생들과 이야기를 나누고 있었다. 물론, 아키라의 팬을 자처하는 여학생들도 반에 놀러 와 호들갑을 떨고 있었다. 어쩐지 시끌벅적한 분위기가 되고 있는 중에, 에이타는 금세차가운 표정으로 변하면서 그에게서 시선을 거두었다. 문득 이곳에 섞여 들 수 없을 것 같은. 그러나 섞여 들어야만 하는 중압감을느끼면서.

3

가을학기의 부 활동 첫 시간. 야구부는 3학년들의 은퇴식을 가졌다. 모두 연습용 유니폼이 아닌, 교복 차림으로 숙소 식당에 모여 있었다.

"매일 새벽에 일어나고, 먹고 싶은 것 못 먹고, 하고 싶은 것 못 하면서 괴로웠지만, 그만큼 얻는 것도 많았고, 더 성장할 수 있었습니다. 주장으로서 책임감도 배웠고요. 그리고 책임감이란, 내가 할 수 있는 일이 아주 작은 일이라도, 그것부터 시작하는 것이란 걸 깨달았습니다. 내 옆에 있는 작은 돌이라도 들어 옮기는 것 말입니다."

야구부 주장이자, 내야수를 맡았던 사츠가 앞에 나와서 은퇴 소감을 말하는 중이었다.

"아, 그리고 여러분께 마지막으로 나누고 싶은 얘기가 있는데요. '아오우도리(アオウドリ—)'라는 새에 대해서 나누고 싶습니다."

하는 사츠의 말. 의자에 앉아 있는 준과 이츠키는 손목에 찬 시계를 똑같이 슬쩍 쳐다보았다. 앞으로 한 30분은 더 잡아야겠는데. 부원들 중에 턱을 괴고서 묵묵한 표정을 짓고 있는 아키라도, 준과 이츠키와 다름없는 생각이었다. 그렇다. 사츠는 소망고 학생이라면 다 알만한 TMT(Too Much Talker의 줄임말로, 말이 너무 많은 사람)였다. 그러나 모두 자못 진지한 표정으로 사츠의 말에 귀 기울였다. 사츠에 이어 새 주장이 된 스카이도 맨 앞에 앉아 사츠를 바라보고 있었다. 사실 사츠는 꽤나 정성스러운 편이었으므로, 그가 하는 말에서 버릴 말은 별로 없었기 때문이다.

"아오우도리는 말 그대로 '바보새'라는 뜻이죠."

아오우도리는 도쿄도의 미나미토리섬에서 볼 수 있는 대형 새다. 긴 날개를 늘어뜨리고 있거나, 큰 물갈퀴 때문에 걷고 뛰는 모습이 아주 우스꽝스럽다. 아이들이 돌을 던져도 뒤뚱거리며 도망가고, 사람들에게 쉽게 잡히고 만다. 새라고 하지만 정작 날지를 못하는 그런 새. 이 때문에 아주 오래전부터 일본사람들은 '바보새'라고 불렀다.

"그러나 폭풍이 몰려오는 날. 모든 생명체가 두려워 제 몸을 숨기는 그때에 바보새는 숨지 않습니다. 오히려 바보새는 당당하게 절벽에 서서, 긴 날개를 퍼덕거리죠. 바람이 점점 거세질수록 몸을 맡기는 바보새는 날개를 꿈틀대다 갑자기 절벽에서 뛰어내립니다. 죽자고 그러는 걸까요? 그건 아닐 것입니다. 바보새는 언제 그랬냐는 듯 바람을 타고 높이 날기 시작합니다. 폭풍우 치는 그때가 바보새에게는 바로 비상할 수 있는 기회입니다. 바보새라고 하지만, 양 날개를 다 펴면 3미터가 넘죠. 아주 위엄이 있는 새입니다. 6일 동안 한 번의 날갯짓 없이도 날 수 있고, 두 달 안에 지구 한 바퀴를 돕니다. 심지어 착륙하지 않고 10년이나 날 수 있죠. 흠, 이 바보새의 이름은 무엇일까요? 바로 알바트로스입니다! 세상에서 가장 멀리, 가장 높이 나는 새에요. 저는 이 알바트로스와 같이, 우리 소망고 야구부가 앞으로도 높이 비상할 거라고 믿습니다!"

사츠의 고무적인 메시지가 끝나자, 모든 부원은 우와, 하고 감탄사를 연발하며,

　"2연패 가즈아!"

　뜨겁게 외치며 박수를 친다. 마치 치열한 전쟁 속에서, 불타는 전우애를 나누는 듯하다. 준과 이츠키도 번쩍 두 손을 들며 만세를 불렀다. 사츠의 은퇴 소감이 드디어 끝난 것에 기뻐하며. 곧 은퇴식의 모든 순서가 끝나고, 부원들은 맛난 당고와 과일을 먹으며 얘기를 나누었다.

　"준."

　갑자기 누군가의 두툼한 손이, 쫄깃쫄깃한 당고 한 알을 입에 막 넣으려던 준의 어깨를 붙들었다.

　"잠깐 얘기 좀 할 수 있을까?"

　투수 코치인 토마였다. 그의 조심스러운 말투에 준은 의문스러운 표정을 지었다.

　"네, 코치님!"

하고 의자에서 일어나, 코치와 함께 곧 복도 쪽에 위치한 코치실로 발걸음을 옮겼다. 이윽고 도착한 코치실에는 야구에 관련한 여러 책과 장비들이 정렬되어 있었다. 그리고 벽에는 소망 고에서 배출한 프로 야구 선수들의 포스터가 붙어 있었다. 모두 하나같이 늠름한 표정이었다. 코치실에 들어오는 야구부원들이라면 누구나 그렇게 생각했을 것이다. 나도 저들처럼 될 수 있을까…?

"준, 편하게 앉아 봐라."

코치가 자신의 맞은편 의자를 가리켰다. 딱딱한 플라스틱으로 된 식당 의자와는 달리 쿠션이 붙어 있는, 편한 의자였다.

"무슨 일이십니까, 코치님?"

교복 차림으로 이렇게 코치와 일대일 면담을 하는 것은 준에게는 참 오랜만이었다. 30대 초반의 수비 코치 케이타로보다, 5살 위의 투수 코치 토마는 20대에 프로 야구 1군에서 활약할 정도로 실력이 좋은 코치였다.

"이런 얘기를 한다는 게 상당히 유감이구나."

코치의 말투가 조금 가라앉으면서 사뭇 달라지고 있었다. 그런 와중에 준은 설마, 라고 읊조리며 엄습하는 의심을 뿌리쳐 본다.

"어제 공원에 갔었나?"

하고 코치가 자신을 똑바로 쳐다보았다. 준은 바로 덜미를 잡힌 듯한 기분이었다.

"네?"
"나도 어제 그 공원에 갔었다. 익숙한 사람이 보이길래 자세히 보니."

준은 어제 인적이 드문 해상공원에서 여자친구와 함께 데이트를 하고 있었다. 교제한 지 이제야 2주 된 여자친구였다. 샤베라는 이름의 여자친구는 응원부에 있으면서, 준보다 한 학년 아래의 예쁘장한 여학생이었다. 준은 샤베와 교제하게 된 것이 꿈만 같다고 생각했다. 헌데 이렇게 금방 들켜 버리고 말다니. 준은 머릿속이 복잡해지기 시작했다.

"왜 말하지 않았지?"

이성 교제를 하게 될 경우, 감독과 코치에게 반드시 말하게 되어 있지만, 준은 규율을 어겼던 것이다.

"…혼날 것 같아서입니다. 죄송합니다, 코치님."

하고 준은 솔직하게 대답했다.

"흐음, 그랬구나."

옅은 미소를 짓는 수비 코치는,

"프로 지명도 단체 성적보다 개인 성적으로 뽑는 것을 너도 알고 있잖아. 이번 해 고시엔 우승을 하긴 했지만, 개인의 역량을 보기 때문에, 보다 가능성이 큰 대학부를 준비해야 한다는 것도…. 그렇다고 네가 역량이 부족하다는 뜻은 아니다, 준. 역대 자료를 봐서도 고시엔에서 우승한 학교라도 많아 봤자 두 명 정도 프로에 발탁되는 현실이니까. 이런 아슬아슬한 상황에서 네가…."

턱 밑으로 거뭇거뭇하게 난 수염을 자신의 손가락으로 쓰다듬었다.

"내가 말이 길어졌는데, 이성 교제에 몰입하게 되면, 학업도 운동도 지장을 받게 되지 않겠냐. 어쨌든 야구 선수로 살고 싶다면, 길게 봐야 한다고 생각한다. 흐음, 뭐, 강요는 아니다, 준. 네가 결정하는 거지."

코치의 말은 의미심장했다. 준은 고개를 떨구며 어제의 일을 떠올렸다. 야구부 훈련도 없고, 경기도 없어 유일하게 한가로운 일요일. 샤베를 만나서 싱싱한 오징어를 튀겨 낸 이카멘치와 돈가스를 먹고, 여유롭게 공원을 걷고 있었다.

"오빠, 진로 준비는 잘돼 가요?"

하고 샤베가 맑은 눈동자를 반짝이며 자신을 우러러보고 있었다.

"그럼. 별 탈 없어."
"저는 오빠가 만약 잘돼서 도쿄로 가면 서운할 것 같아요. 너무 멀잖아요."

일자로 가지런하게 자른 앞머리가 흩날리는 아래로, 샤베의 두 눈은 금세 슬픈 빛을 드러내고 있었다.

"보고 싶으면 오빠가 비행기 타고 날아올게. 하하."

그렇게나 거창하게 말하면서 준은 샤베의 손을 꼭 잡던 것이었다. 사실 그는 고시엔 우승으로 한시름을 놓은 상태이긴 했다.

난 오늘부로 은퇴한 3학년이고…, 준비 기간도 이제 얼마 남지 않았는데, 왜. 하고서 속으로 쓸쓸하게 읊조리는 준. 자신의 눈앞에 앉아 있는 코치가 어쩐지 불필요한 간섭을 하는 것처럼 대단히 답답한 기분을 느꼈다.

그때 잡았던 샤베의 손을 다시는 놓고 싶지 않아. 그렇게 준은, 째 깍거리는 아날로그 시계의 바늘 소리를 들으며, 긴박한 침묵의 시간을 끌고 있었다.

3장

선택

1

붉은 해가 서산머리로 뉘엿뉘엿 기울고 있었다. 자줏빛으로 물든 계단을 밟고 올라가니, 아름다운 연주 소리가 흐르고 있었다. 파도처럼 겹겹이 밀려오는, 웅장한 음률. 과연, 아마추어 같은 서툰 음색은 아니었다.

누가 연주하고 있는 걸까? 예배당의 묵직한 문을 밀자, 강단의 파이프 오르간 앞에는 한 남자가 앉아 있었다. 말쑥한 정장 차림의 한 남자는,

"레비 형? 레아?"

아키라의 형이었고, 강단 밑, 나무색 장의자에는 교복 차림의 아

키라가 앉아 있었다. 아키라의 아몬드 같은 두 눈은 분명한 초점으로 그들을 돌아보고 있었다.

"아키라! 에다 형이 일본으로 돌아온 거야?"

하고 레아의 한 살 위 오빠인 레비는 밝은 표정으로 얘기했다. 곧, 레비와 레아는 아키라와 같이 장의자에 앉아서, 에다의 연주에 가만히 귀를 기울이기 시작했다. 에다의 연주는 흠잡을 데 없었다. 마치 천사들의 풍류 소리 같았다.

"너무나 듣고 싶었던 연주 소리야."

대체 얼마 만에 듣는 파이프 오르간 연주일까. 불과 5년 전, 그 자리를 지키고 있던 사람은 에다와 아키라의 엄마였다. 그녀는 악기의 제왕이라고 불리는 파이프 오르간을 전공한 오르가니스트였다. 통가죽으로 만든 오르간 슈즈를 신고서, 10개도 넘는 발 건반을 누르며 오르간을 연주하던 그녀의 모습을, 그들은 여전히 잊을 수 없었다.

여호와는 내 목자이시오니
내게 부족함 없으리이로다
주께서 나를 푸른 풀밭 위에 누이시면서
쉴만한 물가로 인도하시네

쉴만한 물가로 주께서 나를 인도하시도다

곧, 진동하는 파이프를 따라 들려오는 굵고 낮은 목소리. 아키라의 것이었다. 칼빈의 제네바 시편 찬송 23편은 아키라가 가장 좋아하는 곡이었기에. 오랜만에 달콤한 휴식을 맞은 것과도 같았다. 푸른 풀밭과 쉴만한 물가. 그 시구를 언제고 불러 본다면, 시행착오 혹은 실패들과, 네모난 시멘트 건물뿐인 차가운 도시가 아닌. 신록의 향기가 가득한 초원에 누워 있는 것처럼 평안했다.

"제네바 시편 찬송은 모두 65비트에 맞춰요."

음, 그래? 하고 레비가 갸우뚱거리며, 옆에 앉은 아키라를 쳐다보았다.

"65비트가 심장 박동수거든요."

라는 아키라의 말. 그들의 머리 위로 높게 달려 있는 스테인드글라스 창문은 깨끗하게 닦여 있었다. 돌문이 열린 빈 무덤과 부활하신 하나님의 어린양 예수 그리스도를 그린 창 안으로 노을빛이 밀려와 붉게 타오른다.

"심장 박동수라니…. 아, 그래서 그런가. 마음이 한결 편안해지는 것 같아."

레비는 수험 공부하느라 근육은 줄어들고, 지방은 늘어 버린 것 같은 자신의 팔뚝을 주무르면서 말했다. 어쨌거나, 레비도 에다의 연주에 감동받은 표정이었다. 신비로운 천상의 멜로디 속에서 비로소 쉴 수 있다는 안도감이란 아침에 눈을 뜨는 듯 자연스러웠다. 어느 거리에서나 듣게 되는 무의미한 기계음, 음침한 랩 가사들, 혹은 뭐라고 말하는지 알아들을 수 없는 가요들은 오히려 정신을 어지럽게만 했기에. 레비는 밝게 웃으며,

"참, 아키라. 그래서 말인데."

아키라 쪽으로 돌아보며 입을 열었다.

"에?"

그러나 아키라는 고개를 힘없이 떨구며, 건득건득 졸고 있었다. 아마도 새 학기 생활과 빡센 야구부 훈련으로.

"아키라가 많이 피곤한가 봐."

하고 레아는 안쓰럽다는 듯 쳐다보았다.

"그래. 오늘 야구부 연습도 소화하기 바쁜데, 일부러 나왔을 거야."

곧, 피아노 멜로디는 멈추었다. 오르간 앞의 에다는 나무 건반을 치던 손가락을 거두고 종이 악보를 넘기고 있었다. 그 연약하고 작은 소리마저 웅숭깊이 울리는 이 예배당 안.

2

그들은 교회를 나와, 땅거미가 내려앉은, 어둑한 저녁 길을 걷고 있었다. 환한 가로등 불빛은 도시 사람들의 시야를 밝히고 있었고, 인적이 드문드문 보이는 어느 한 길거리는 예전과 달라진 것은 없었다.

"샤베잖아?"

레비와 레아는 서로를 쳐다보았다. 저 멀리 또래로 보이는 남녀 한 쌍을 보고서 한 말이었다. 그들은 주위를 신경 쓰지 않는다는 듯 서로 팔짱을 끼고서 즐겁게 대화하고 있었다. 남학생은 키도 컸지만 덩치도 묵직했고, 여학생은 마치 아이돌 가수처럼 한껏 꾸민, 유행하는 의상을 입고 있었기에 사람들의 시선을 끌기에는 충분했다.

"어라? 샤베가 누구와 있는 거…."

하고 레비는 샤베의 옆에 있는 남학생의 얼굴을 자세히 보려고 눈살을 찌푸렸다. 샤베는 학교에서 예쁘장한 얼굴과 큰 키로 남학생들에게 인기가 많았다. 그녀는 레비와 같은 응원부였고 또한 레아와도 동급생이었기에, 이 남매는 샤베를 잘 알고 있는 터였다. (물론, 샤베와 그리 친하지는 않았다) 그때 누군가가 통화하는 목소리가 갑자기 들렸다.

"준 형! 지금 통화되죠? 긴급 상황 발생입니다. 샤베 양 말인데요…. 형이랑 사귀는 거 아니었습니까?"
"아키라, 쉿쉿!"

레비는 입술에 검지를 급히 갖다 대며 옆에서 통화하고 있는 아키라를 말렸다. 아키라의 굵고 낮은 목소리가 유달리 이 상황에서는 통통 튀는 것 같았다. 레비는 몇백 미터 떨어져 있는 저 커플들이 들을까 봐 노심초사하면서 아키라 앞에서 계속 쉿쉿거렸다. 반면, 레아는 전화를 하며 끄덕거리고 있는 아키라를 멍한 표정으로 쳐다보기만 한다. *와, 빠르다, 아키라….*

"아아. 알겠어요. 내일 봐요, 형."

아키라는 자신만만한 표정으로 휴대폰을 내려놓더니 가방 주머니에 넣었다.

"뭐래?"

하고 레비가 넌지시 물었다.

"아, 준 선배가 샤베 양이랑 이틀 전에 헤어졌다고 하네요."
"그럼 양다리는 아니네. 다행이다. 아니, 다행이라고 해야 하는 게 맞나? 헷갈리네, 이거 참."

하고 레비는 한숨을 푹 내쉬며 말한다.

"여어. 너였구나, 아키라."

그러나 어느새 그 남학생이 다가와 있었다. 끝이 찢어져 있는 날 카로운 눈매, 굵은 목과 큰 덩치로 보아서는 그 누구도 쉽게 범접할 수 없는 포스였다. 바싹 짧게 깎은 머리는 어딘가 깍두기 형님 같은 이미지를 더하고 있었다.

"안녕하십니까, 선배님."

얼어붙는 듯한 분위기 속에서 아키라는 위축되지 않고, 깍듯이 인사를 했다.

"여기서 마주치다니, 재밌는걸."

아키라와 비슷한 키의 그는 유도부 소속의 마사타케. 소망고 3학년으로 올해 열린 도대회에서도 은메달을 당당히 따낸 우수한 유도 선수였다. 입술을 일자로 다물고 뚫어져라 쳐다보고 있는 마사타케는 가히 고압적인 분위기를 풍기고 있었다.

아니, 지금 무, 무슨 말을 해야 되냐…? 레비는 속으로 생각하며 가뜩 겁을 먹고 있었다. 경기 중 상대편을 쓰러뜨려 굳히기 기술로 승부하는 마사타케의 위험천만한 모습도 떠올랐다.

"마, 마사타케! 정말 반가워! 난 3학년 C반에 레비야!"

하고 미소 짓는 레비의 얼굴은 너무나 경직되어 있었다. 마치 로봇이 말하는 것 같았다.

"뭐? 레비?"

하고 의문스럽게 말하는 마사타케의 미간에 세로줄이 생긴다. 고깝다는 표정이다. 오히려 마사타케의 심기를 건드린 것 같다. 레비는 당황스러워하기 시작한다.

"오빠, 그만 가요!"

그때 얼굴을 붉히고 성큼 걸어온 샤베가 가냘픈 팔로 마사타케의 팔을 잡아끌었다. 그리고는 학생들을 보며 무안한 듯한 표정을 지었다. 흥, 하고 마사타케는 비웃음을 한껏 내뱉더니 곧 등을 돌렸다. 샤베는 뒤돌아 걸어가는 마사타케를 붙좇아 따라가기 시작한다. 도시의 조명과 가로등 불빛 아래로 점점 희미해져 가는 그들의 뒷모습. 모두 멍하니 바라보고만 있었다. 레아도 좀처럼 말이 없었다. 레아의 부드러운 머리칼이 불어오는 저녁 바람에 가만히 흔들린다.

"이참에 샤베는 야구부 응원단에서 유도부 응원단으로 가려나."

하고 레비는 고개를 설레설레 젓는다. 한편, 아키라는 고개를 푹 숙이며, 무언가 진중하게 생각하고 있었다. 그래, 결국 준 형은 토마 코치님의 조언을 받아들인 것이다. 프로 지명도, 대학부 시험도 기다리고 있는 상태에서. 어찌 되든 형은 곧 하치노헤를 떠나야 한다. 아키라의 검고 짧은 머리칼이 가로등 불빛에 비치어 황금빛으로 물들었다.

곧 갑작스러운 신호음과 함께 아키라의 휴대폰이 진동한다. 가방 속에서 꺼내 들어 보니 휴대폰의 화면에는 '다이치 준'이라는 이름이 뜨고 있었다. 준이 아키라에게 보낸 메시지였다. 아키라는 화면을 터치해서 눈으로 찬찬히 읽어 본다.

준: 내가 먼저 헤어지자고 한 게 아냐.
샤베가 먼저 헤어지자고 해서 그러자고 했다.

pm 8:15

아, 형이 헤어지자고 한 게 아니라고? 준의 메시지를 확인한 아키라는 휴대폰에서 시선을 떼지 않았다.

> *준: 나는 그래도 노력해 보려고 했는데,*
> *마사타케를 만나려고 그런 거였구나.*
> *pm 8:15*

진동이 울리며 다시 한번 더 도착된, 그의 메시지를 읽는 아키라의 짙은 눈썹이 조금 구푸려진다.

> *나: 죄송합니다, 형. 사정을 전혀 몰랐습니다.*
> *pm 8:16*

> *준: 아냐, 차라리 지금 알게 된 게 좋은 것 같다.*
> *너도 여자 조심해라, 깜둥아.*
> *pm 8:16*

그에 아키라는 조금 고민하더니, 이내 무언가를 쓰는 듯 손가락을 움직여 자판을 쳤다. 곧, 전송 버튼을 누르는 그의 답장문에는,

*釜底笑鼎底**

pm 8:18

라는 검은색 한자들만이 덩그러니 찍혀 있었다.

*부저소정저(釜底笑鼎底): 가마솥 바닥이 놋 솥 보고 검다고 웃음

3

"준 형, 무슨 일 있어요?"

야구부 훈련이 끝난 뒤, 주장 스카이가 벤치에 앉아 있는 준에게 다가가 물었다. 준은 이른 아침부터 울적해 보이고 눈가가 판다처럼 퀭했다.

"그럴 수가!"

하고 준은 물음에 대답도 하고 자신의 머리를 두 손으로 부여잡았다. 그의 손가락 사이로 새카만 머리칼이 비죽 튀어나온다.

"아아. 형 여친이 형한테 헤어지자 말하고 금세 다른 남친을 사귀었거든."

아키라가 옆에서 대신 친절하게도 설명을 해 준다. 그러자 스카이
는 갸름한 얼굴에 유감스러운 표정을 띠었다.

"오, 레알? 갈아탄 거잖아?"
"야야, 쉿."

하고 아키라가 스카이를 툭 치며 은근슬쩍 눈치를 주었다.

"준 형! 환승은 아니죠, 정말! 별로 좋은 여자친구가 아니었네요."
"네, 형. 힘내십쇼. 형의 이상형이 축구하는 여자라면, 모든 여학
생이 축구하려고 달려들 거예요."

스카이와 아키라는 애써 선배를 위로했다. 그러자 준은 멍한 표정
을 짓더니, 머리를 쥐어뜯던 손을 그만 스르르 내려놓았다. 땀으로
젖은 그들의 머리칼을 비추는 가을 햇살은 눈부시기만 하다.

이제 한 시간 후면 1교시 수업 시작이었다. 그 시간 안에 씻고 아
침 식사를 하고 수업 준비를 하기엔 그리 넉넉하지는 않았다. 곧 준
은 후배들에게 먼저 가라며 자신도 따라가겠다고 얘기한다. 그리고
는 홀로 남게 된 준. 그는 벤치에 앉아 한참 생각에 빠졌다. 샤베와
함께 했던, 짧은 날의 기억들이었다. 그리고 그 속에서, 샤베의 옆에
서 있는 마사타케의 무정한 눈빛을 떠올린다. 준은 왠지 모를 서늘

함을 느끼며, 한 오라기 남은 이성을 다시 붙잡았다.

그래, 오히려 잘된 일이라고 생각하자. 하고 그는 마음을 간신히 추슬렀다. 그리고는 옆에 놔두었던 포수 미트를 집어 들었다.

"자, 몇 페이지고. 밑줄 쳐 바라."

구수한 사투리가 들려오는 생물 수업 시간. 준은 3학년 A반 교실에서 잠자코 수업을 듣고 있었다.
"반장이 밑줄 친 부분 큰 소리로 함 읽어 보자."
"임신 10주 된 태아도 장기와 팔, 다리 등 사람의 모습을 다 갖고 있고 심지어 통증도 느낍니다. 아프다고 소리 지르지 못할 뿐입니다. 실제로 산부인과 의사들이 기형아 검사를 하기 위해 10주 된 태아들에게 바늘을 가까이 들이대면 필사적으로 피합니다. 심장이 뛰기 시작하면 신경도 같이 발달하기 때문입니다."

준은 잊겠다고 했지만, 프로젝터 화면 영상에서 살아 꿈틀대는 태아의 동그란 머리가 곧 샤베의 얼굴이 되고 만다.

오빠가 제일 멋져요. 샤베의 낭창한 목소리가 꿈처럼 어렴풋이 들려오는 것만 같다.

결국 거짓말이었나…. 배신감을 느낀다. 아니, 어떻게 그럴 수 있지? 하아, 이제 와서 탓해 봤자 뭐하냐고. 내 탓이야. 내가 좀 더 신중하게 고민했어야 했어⋯. 준은 샤프를 꾹 쥐며 수업에 집중해 보자고 정신을 깨운다.

"다이치 준!"

하는 선생님의 부름에,

"네, 네!"

준은 재빨리 큰 소리로 대답한다. 덕분에 쥐고 있던 샤프의 가느다란 심이 똑, 하고 부러졌다.

"대답이 좋네. 대답이 좋으면 행복이 온다.[7] 네가 오늘 칠판 당번이가? 운동하느라 욕보는데, 욕 쫌만 더 봐래."

새하얀 분필로 깨알같이 적힌 칠판. 준은 알겠습니다! 하고 다시 크게 대답한다.

"반장. 인사!"
"일동 차렷, 경례!"

....

7   미우라 아야코 지음, 『총구』(1997), 한국장로교출판사

"감사합니다!"

인사를 받은 생물 선생님은 교재를 챙겨서 교실 문을 나간다.

"아. 오늘 훈련은 실내 연습장에서 하겠구나."

복도에 우두커니 서 있는 준, 널따란 창문을 바라보니, 가을비가
추적추적 내리고 있었다. 울적한 마음을 씻기듯이 내리는 빗줄기
를 바라보며 준은 장우산을 들었다. 곧, 준! 하고 자신을 부르는 소
리에 뒤를 돌아본다.

"자식, 힘 좀 내라. 아직 앞날도 창창한 녀석이."

준은 자신의 어깨를 붙드는 이츠키를 바라본다. 선발 투수였던 이
츠키는 실력이 좋아 프로에 지명될 가능성이 높았다. 그 어느 날 공
을 쥔 오른손을 들어 보이며, 네가 있어 힘이 난다, 라고 친근하게
말하던 이츠키를 준은 기억했다. 투둑투둑, 창틀에 떨어져 부딪히
는 빗소리가 점점 크게 들려왔다. 곧, 이츠키와 함께 실내 연습장으
로 향하는 준. 이츠키와 같은 야구단으로 지명되지 않는 이상, 이츠
키의 공을 받아 줄 날도 이제 얼마 남지 않았다는 슬픈 생각을 했다.

4장

비밀

1

비가 막 그친 저녁이었다. 작열하던 여름이 지나 가을 해는 보다 짧아져 금세 어둑해져 있었다. 저벅저벅, 빗물에 젖은 흙먼지를 밟는 발소리들이 들려왔다. 정처 없는 인영들 속에, 스웨터 차림의 한 남학생이 거리를 걷고 있었다. 때가 묻은, 낡은 캔버스화를 신은 채. 그는 미간을 모은 채로, 무언가를 골똘히 생각하고 있는 표정이었다. 그런 그의 얼굴은 보통의 청소년과 다를 바 없는 앳된 티가 났다.

곧, 그의 옆으로 차들이 느린 속도로 지나갔다. 물기를 가득 머금은 거리의 표면은 물고기 비늘처럼 은빛으로 반짝이고 있었다. 아름답기보다는 비현실적인 환상처럼. 길가에는 꽃 한 송이 하나 보이지 않는, 성냥갑 같은 건물들이 늘어서 있었다. 그 사이로 부는 무색의 황량한 바람이 그의 머리칼을 스치고 지나간다. 홀로 걷고 있던 그는 문득 어느 한 꽃가게, 그 투명한 쇼윈도에 비친 자신의 모습을 발견했다. 뿌연 연기처럼 희미하고 어슴푸레한, 조금은 왜곡되어 비치는 모습을.

그래, 나는 신화가 될 것이다. 그것은 혼자만의 비밀이었고, 독극물 같은 꿈이었다. 그가 쓴 안경의 둥근 렌즈 표면으로 비치는 거리의 조명들은 혼탁한 빛으로 뒤섞여 흐르고 있었다. 네온사인들이었다. 각종의 네온사인들은 빨주노초파-보, 총 6색의 무지개로 번쩍이고 있었다. 여느 거리와 같지 않은, 독특하고 음습한 풍경이란. 고등학생이 다니기에는 전연 어울리지 않았다. 그럼에도 그 어두운 거리를 홀로 걸어가는 소년의 손바닥 안에서 최신 휴대폰이 크게 진동했다. 그는 곧바로 액정 화면에 뜨는 메시지를 확인한다.

도착

pm 08:36

간단한 두 글자. 남학생도 바로 답장을 보냈다.

저도 곧 도착이요

pm 08:36

올해 고등학교 2학년인 그의 어머니는 집에 늦게 들어오는 때라도 입시 공부에 전념하는 것이라 믿어 주었다. 그는 그런 어머니의 넉넉한 신뢰감을 이용하여 공부하는 책상 앞이 아닌, 어떤 낯선 남자 앞에,

"료타 맞아?"

발걸음을 멈추게 된 것이다.

"네, 맞아요."

조명 빛에 환하던 남학생의 얼굴은, 그 앞에 우뚝 선 한 남자의 검은 그림자에 가려서 어두워졌다. 그는 방금 전 남학생에게 메시지를 보낸 사람이었다. 그는 료타라는 이 남학생보다 나이가 많아 보였다. 이윽고 남자의 입가가 음흉하게 올라가기 시작했다.

"바로 갈까?"

그 말에 남학생은 아무 말 없이 고개를 끄덕였다. 그러자 남학생의 곁에서 걷기 시작하는 성인 남자. 그의 옷에는 지독한 담배 냄새가 배어 있었다.

"에이타, 뭐하니?"

락스 냄새가 가득한 화장실에서, 에이타는 타일 바닥 위에 쪼그려 앉아 있었다.

"아, 어제 비 오는데 신고 나갔더니, 냄새가 나서요."

에이타는 낡은 캔버스화를 솔로 세게 문지르기 시작했다. 그러자 새카만 비누 거품이 보글보글 일었다.

"그래, 요즘 학교생활은 어떠니?"
"좋죠. 애들도 잘해 주고요."

에이타가 잡고 있는 캔버스화의 고무 굽은 본래의 흰빛을 되찾고 있었다. 그는 곧 수돗물이 담긴 대야에 자신의 신발을 담갔다. 투명했던 물은 한순간에 흐려진다.

"다행이구나. 간식 차려 놨으니까 먹어. 엄마는 이제 「료타의 비밀」이나 봐야겠어."
"네?"

돌연, 에이타의 얼굴빛이 급변한다.

"아, 「료타의 비밀」이라고 오늘부터 시작하는 드라마야."

하는 엄마의 얘기에 에이타는 그렇군요, 하고 느릿하게 대답했다. 그리고는, 료타라니 깜짝 놀랐잖아, 라고 속으로 생각하며 흘러내린 안경을 손등으로 쓰윽 밀어 올렸다.

"살다 보면 웃는 날들보다 울게 될 날들이 많지만…."

노랫말을 흥얼거리는 에이타는 두툼한 두께의 헤드폰을 쓰고서 책상에 앉아 있었다. 책상에는 미술 관련 책들과 연습 종이들이 어지럽게 흩어져 있었다.

"언제나 비 온 뒤 햇살이 더 눈부시잖아…."[8]

심취한 듯 노래를 부르고 있는 에이타는 노트북 자판을 두드렸다. 곧 노트북 화면에는 한 남성이 무대에서 스탠드 마이크를 들고 있는 장면의 영화 포스터가 떴다. 「보헤미안 랩소디」라는 제목의, 프레디 머큐리라는 가수의 일생을 그린 영화였다. 에이타는 오른손에 쥔 마우스 휠을 돌리며 스크롤을 내렸다. 안경 너머로 그의 눈동자

....
8   나무엔의 곡 「기억해봐」 가사

가 화면에 뜬 글자들을 따라 움직였다.

"프레디 머큐리는 동성애자에, 결국 에이즈에 감염되어…."

눈이 멀고 죽었다! 에이타는 순간 가슴이 쿵쾅 뛰었다. 곧, 그가 보고 있는 화면에는 에이즈 감염 전과 감염 후의 비교 사진이 나타났다. 프레디 머큐리가 에이즈에 감염되기 전에는 건강해 보이는, 평범한 남자의 모습이지만, 감염된 후에는 시체처럼 새파랗게 뜬 얼굴에, 흉측하게 변해 있었다. *이게 정말이야?* 충격을 받은 에이타는 입술을 잘근 깨물며, 화면에 새 창을 띄웠다. 타닥타닥, 에이타가 타자를 두드리는 소리가 방 안에 울렸다.

동성애는 에이즈의 원인인가요?

에이타가 남긴 질문에 곧 실시간 답글이 재빠르게 달렸다.

동성애를 한다고 해서 에이즈에 걸리지 않아요. 에이즈에 걸리더라도 익명성은 보장되죠.

뭐야. 앞뒤 문맥이 안 맞는데? 에이타는 의심스러운 표정으로 인터넷 검색을 하기 시작한다. 내셔널 지오그래픽(National Geographic)의 영상이 뜨고 있었다. 「에이즈의 오해와 진실」이라는 제목의 영상에서는 '에이즈는 동성애자들만 걸리는 병이 아니다'라고 주장

하고 있었다. 또한, 어떤 의사는 에이즈는 성병 중에서도 감염률이
가장 낮아 걸리기 어렵다고, 감염률이 0.1%도 되지 않는다고 말하
고 있었다.

"0.1%도 안 되는 감염률?"

*과연 정말일까. 그럼 에이즈에 걸려서 눈이 멀고 사망한 프레디
머큐리는 불운의 사람인가? 0.1% 안에 들어갔으니.* 영 풀리지 않
는 의문들이었다.[9] 에이타는 해결 받아 속 시원한 느낌보다는, 혼란
과 두려움만을 느꼈다.

3

아무 일도 없었다는 듯, 시원한 가을바람이 불고 있었다. 교정의
단풍나무 잎사귀는 바람결을 따라 너푼너푼 떨어지고, 운치 있는
정경을 띠고 있었다. 오후 부 활동이 끝난 시간, 소망고 학생들은 하
교 준비를 했다. 일본의 대중 교통비는 저렴한 편이 아니라, 학생들

....

9   통계가 말하는 동성애와 에이즈 - 김준명 연세대 의대 명예교수 (2022/09/13, 동성 성행위에 대한
     의과학적 고찰과 제언, 국회도서관 대강당)
     HIV 감염 확률은 1회 이성간 성 접촉 시 0.04~0.08%이지만, 1회 동성 간 성 접촉 시 감염될 확률
     은 1.38%다. 동성애자에서 HIV 감염률은 우리 한국의 경우에 2.7~6.5%로, 이것은 일반인 0.05%
     에 비해서 80배 이상 높은 수치다. 이뿐 아니라 남성 간의 동성애는 보건의학적으로 그에 따른 신체
     적인 질병이 많이 발생된다.

은 전철의 정기권을 사용하거나 자전거를 타고 이동한다. 물론 소망고의 야구부원들은 따로 이동할 필요가 없었다. 훈련장 옆에 숙소가 있으니 말이다.

오후 훈련을 마친 아키라는 라커룸에서 연습용 야구복의 단추를 풀고 있었다. 야구복 왼쪽 가슴 앞판에는 '玉川(타마가와)'라는, 아키라의 성이 자수 되어 있었다. 야구복을 벗자, 흙먼지와 뒤섞인 땀 냄새가 훅 밀려 들어왔다. 야구복 밑에 받쳐 입었던 붉은색 언더셔츠도 땀에 흠뻑 젖어 있었다.

"여어."

라커룸에 들어오는 미나토가 붉은색 야구 모자를 벗으며 아키라를 뒤에서 부른다. 미나토는 아키라의 룸메이트다.

"어라? 다쳤네?"

언더셔츠의 소매를 걷어 올린 아키라의 팔에는 큰 생채기가 나 있었다.

"아, 히로키가 3루로 슬라이딩하면서 들어올 때 말야."

오늘 소망고 야구부원들은 실전 훈련을 했다. 실전 훈련은 양 팀으로 나누어 실제 경기를 하는 것처럼 진행하는 훈련이다. 아키라의 수비 포지션은 3루수였는데, 송구한 공을 받다가 넘어지면서 팔뚝이 흙바닥에 긁히고 만 것이다.

"아, 그때 다친 거구나. 카즈마 그 자식, 수비 송구할 때 변화구를 던지면 어떡하냐, 나 참. 헛웃음이 나온다. 매니저한테 연고라도 달라고 할까?"
"괜찮아, 숙소에도 있으니까. 참, 그러고 보니⋯."

갑작스레 화제를 돌리는 어투에 미나토가 쳐다보자, 아키라는 검고 짙은 눈썹을 구푸린 채 말을 이었다.

"켄타는 좀 어때?"
"아, 그 녀석 오늘 많이 안 좋았지⋯."

미나토는 금세 안쓰러운 표정을 지었다. 사실 켄타는 오늘 훈련에서 형편없었다. 수비에서 공을 놓치는 실책을 저지르고, 타격에서 플라이볼을 때리고도 출루를 했으니. 하지만 그런 실수보다 눈에 띄는 것은 그 멀끔한 얼굴에 드러나는 표정이었다. 마치 도망가고 싶어 하는 듯한. 무언가 고민하고 있는 기색이 역력했다.

"그런데 감독님은 왜 아무 말씀도 안 하셨을까."

미나토는 야구 모자를 라커룸 선반에 올려놓으며 말했다. 감독은 켄타를 혼내거나, 가타부타 충고라도 하지 않았다. 사실 그 정도라면 단체 기합이라도 받아야 할 상황이었다. 아키라는 감독의 묵묵한 표정을 기억했다.

"이유가 있으실 거다."

하고 아키라는 지저분한 야구복을 챙겨 빨래 바구니에 넣는다. 곧, 남학생들의 잡담 소리가 들려왔다. 라커룸으로 몇 명의 야구부원들이 들어오고 있었다.

"어라? 아직도 안 씻고 있었냐? 얼른 씻고 쉬자구. 오늘 저녁 메뉴가 진짜 좋더라."

주장 스카이가 말했다. 스카이는 실력 좋은 스리쿼터 투수[10]로, 3학년 이츠키가 은퇴하면서 소망고의 선발 투수가 되었다.

"오늘 저녁 메뉴가 뭐였지?"
"고등어구이."
"으아아, 또 고등어라니!"

....
10   공 쥔 손을 귀와 어깨의 중간 높이로 올려 비스듬한 각도로 던지는 투법의 투수 – 조해연의 우리말 야
      구용어 풀이

"대체 누가 학교에 고등어를 열 트럭이나 갖다 바친 거냐?!"

해안 도시인 하치노헤는 고등어가 유명하다. 3월 8일을 고등어의 날이라고 정할 정도로 말이다. 아무리 그래도, 이번 달 내내 고등어 관련 반찬이 나오고 있다는 것은 질리게 할 법도 했다. 고등어탕, 고등어조림, 고등어까스, 고등어튀김, 고등어찜 등등.

"수고 많으셨습니다…."

곧 어깨를 축 늘어뜨리고 라커룸으로 들어오는 켄타. 그의 얼굴이 한층 어둡다. 그 아름다운 얼굴이 이미 빛을 잃어 있었다.

"코치님들과 면담 잘했어?"

하고 묻는 말에 켄타는 네, 하고 고개를 끄덕인다.

"힘내, 켄타."
"그럴 때도 있다구."

하고 그들은 웃으며 격려하고 있었다.

"죄송합니다, 저…. 아무래도 야구는 제 길이 아닌 것 같아요."

켄타는 갑자기 눈물을 주르륵 흘린다. 다들 예상하지 못한 반응이었다. 어쩐지 라커룸 안의 분위기는 숙연해지고 만다.

"저 그만두려고요."
"그게 무슨 말이야, 켄타?"

하고 놀란 표정의 스카이가 켄타에게 다가가 어깨를 확 붙들었다. 켄타의 어깨는 미미하게 떨리고 있었다.

"켄타?"

미나토도 어안이 벙벙하여 켄타를 바라만 볼 뿐이었다. 불과 2주 전만 해도, 아키라와 미나토에게 이번 학기가 기대된다며 활짝 웃었던 켄타였는데, 야구부를 그만둔다는 말은 너무나 느닷없었다. 평소 감정 기복이 심한 후배로 알고 있었음에도.

"켄타, 지금 충분히 잘하고 있어. 오늘의 실수는…, 그저 컨디션이 나빴던 것뿐이잖아."

켄타는 손으로 흐르는 눈물을 닦는다. 그들과 같이 굳은살들이 박인, 거친 손이다.

"아뇨, 저는…."

켄타는 조손 가정에서 자라난 학생이었다. 부모님이 계시지 않아, 가난하고 어렵게 지냈던 켄타. 그랬던 그가 중학교에 들어가서는 인생의 터닝포인트를 맞이하게 되었다. 야구부 감독이 불량 학생들과 욕을 하며 떠들고 있는 켄타를 눈여겨보고서, 야구부에 들어오라고 제안한 것이다. 켄타는 야구의 야자도 모르는 야알못이었기에, 감독의 제안이 뜬금없다고 느꼈다. 감독님이 농담을 하신 건가, 나름 깊은 고민도 했다.

"감독님, 진심이세요…?"
"그럼, 켄타. 네가 내 아들처럼 생각된단다."
"그렇게 말씀하시니, 더 수상한데요?!"

며칠 동안 고심한 끝에 제안을 받아들인 켄타는 야구부에 들어가 훈련을 받게 되었다. 삐뚤어졌던 마음도 고쳐먹고 야구를 열심히 배우고 연습했다. 일찍이 야구 선수를 꿈꾸어 왔던 다른 부원들보다는 야구를 늦게 시작한 편이지만, 부원들도 켄타를 곁에서 잘 도와주었다. 그렇게 켄타는 뒷골목처럼 우중충하고 어둡기만 했던 자리를 조금씩 벗어나기 시작했다.

"실력도 그리 좋지 않고, 훈련도 점점 버거운 것 같아서요. 다른 꿈을 찾고 싶어요."
"형도 실력이 뛰어나서 여기 있는 게 아냐. 야구가 좋아 버티고 버텼을 뿐이지."

"그래, 나보다 실력 좋은 애들도 야구 그만두던걸. 실력이 모든 걸 말해 주는 건 아니야."

땀 냄새가 진동하는 라커룸 안. 다들 씻지도 못한 채 켄타를 위로하고 있었다. 그러나 켄타의 상기된 얼굴은 여전히 번민하고 있었다. 켄타는 대체 어떤 꿈을 찾고 있는 것일까.

4

끼이익, 사물함이 열리는 소리가 들렸다. 2-E반 여학생 레아는 리본 넥타이에 니트를 걸친 춘추복 차림으로, 미술실에서 사물함 정리를 하고 있었다. 사물함 위에는 아그립파, 비너스 등 석고 흉상이 진열되어 있었다. 그 위 천장에는 길쭉한 펜던트 조명의 주변으로 흰빛이 번지고 있었다. 탈칵, 자물쇠 소리와 함께 사물함은 다시 닫히고 레아는 작업을 하던 자신의 자리로 돌아갔다. 그리고는 이젤 위에 캔버스를 덮어 두었던 천을 살짝 잡고 벗겨 내었다. 그러자 미완성의 그림이 모습을 드러낸다.

"어라? 레아, 안 가?"

사유리와 카키가 미술실에 들어오며 물었다.

"미술실을 잠가야 해서 말야."

하고 미술부장인 사유리가 웃으며 열쇠를 딸랑딸랑 흔들어 보였다.

"응, 곧 가야지."

미술실의 넓은 창문을 투과하여 들어오는 햇살은 공중에 떠다니는 먼지와 섞여 들고 있었다. 빛나는 햇발 속으로 새하얀 먼지들이 육안으로 보였다.

"무슨 그림이야?"

하고 짐짓 궁금한 표정의 사유리와 카키는 허리를 숙이며 레아의 캔버스를 유심히 들여다본다.

"열심이네, 레아."

캔버스에 스케치된 인물의 눈동자와 마주치면서 사유리는 흘러내린 옆머리를 귀 뒤로 꽂으며 정리한다. 한편, 카키는 레아의 그림에 관심이 없다. 다만 자신의 휴대폰을 레아에게 불쑥 내밀었다. 레아가 의아한 듯 들여다보자, 유튜브 채널이 열려 있었다. 곧, 카키는 동영상의 재생 버튼을 눌렀다.

"어때? 잘생겼지?"

"누구야?"

"직업은 약사인데, 요즘 엄청 뜨는 유튜버야."

카키는 흥분한 기색을 띠고 얘기하고 있었다. 레아가 봐도 깔끔한 용모를 가진 미남이었다. 그의 반듯한 태도와 말투마저, 교양 있는 사람 같은 신뢰감을 주고 있었다. 그러나 레아는 어쩐지 맞장구를 쳐 주고 싶지 않았다. 레아는 곧 안쓰러운 표정을 지으며,

"내가 보기엔 바람둥이 같은데?"

하고 카키를 은근히 말린다.

"뭐? 레아! 함부로 판단하지 마. 이 약사는 워커 홀릭이래. 여자에게는 관심 1도 없대! 물론 노닥거릴 시간도 없고. 봉사 활동까지 하면서 강연하느라 바쁘시니까."

"카키, 그런 사람이 실제로도 좋은 사람인지는 정말 모르는 거야. 신중하게 판단을…."

하고 레아가 말하고 있는데, 어느 누군가가 날렵한 고양이 같이 미술실로 불쑥 들어왔다.

"아, 미안. 놓고 간 게 있어서…. 다행히 미술실이 열려 있었네."

아직은 눈에 잘 익지 않은 얼굴의 한 남학생. 2-B반 에이타였다. 그의 안색은 어쩐지 피곤해 보였다.

아키라와 같은 반 전학생이구나. 아마도 새 학교생활이라 스트레스를 많이 받나? 레아는 그렇게만 생각했다.

"이거 하나 먹을래?"

하고 레아는 교복 치마 주머니에서 포장된 작은 초콜릿 하나를 꺼내어 건네주고는,

"파베 초콜릿이야."

사유리와 카키에게도 나눠 주었다. 다들 초콜릿을 받으니 기분이 좋아 보였다. 그러나 에이타만은 무표정이었다. 에이타는 아, 고마워, 하고 무색한 듯 말하면서 바지 주머니에 쓱 넣었다. 그리고는 문득 안경 너머의 두 눈동자를 굴려서, 화상 자욱이 있는, 레아의 얼굴 앞에 놓인 캔버스를 쳐다본다. 새하얀 캔버스에는 옅은 연필 선들이 수 개의 원과 곡선을 이루며 한 인물의 형상을 나타내고 있었다. 그리고 그는 그림 속의 인물이 누군지, 그 이름을 단번에 떠올릴 수 있었다.

"렘브란트는 이 그림을 그리기 위해서 젊은 유대인을 모델로 초

상화를 8개나 그렸다고 해."

도쿄의 한 미술관 카페에서 야구부 동문회가 조촐하게 열리고 있었다. 민트색으로 칠한 카페 벽에는 렘브란트의 명화 복제품들이 걸려 있었다. 천재 화가의 뛰어난 표현과 채색은, 보는 것만으로도 실재감을 안겨 주었다.

"역시 하나노는 예술에도 박식하다니까."

외모로나 말투로나 나이 든 중년으로 보이는 그들은 테이블에 앉아서 사담을 나누었다. 꽤나 즐겁고 오붓한 분위기였다.

"하나노!"

그때 누군가가 뒤에서 그녀의 이름을 불렀다.

"누구?"

하나노가 커피잔을 내려놓고 뒤를 돌아보자, 살집이 있는 체격의 한 중년 남자가 우두커니 서 있었다.

"히로토?"

회장이 외치는 이름에 하나노는 듣고서 화들짝 놀라는 표정이었다. 아니, 하나노뿐만 아니라 테이블에 앉아 있는 모든 이들의 얼굴이 그러했다.

"히, 히로토? 네, 네가 여기 웬일이야?"
"오랜만이야. 회장이 너도 온다고 해서 반드시 와야겠다 생각했어."

양복 차림의 히로토는 고등학교 때보다 살이 많이 붙어 있었다. 결코 수월내기는 아니었던, 고등학교 때의 까칠한 이미지와는 달리, 몸도 얼굴도 한층 푸근해져 있었다. 그래서인지 하나노는 그가 더욱 낯설기만 했다. 몇 치 떨어지지 않은, 그와의 거리를 두고, 물속의 모래알처럼 가라앉아 있던 감정과 옛 기억들이 떠오르기 시작했다. 하나노는 세월이 흘렀어도, 츠바키를 괴롭혔던 히로토에 대한 마음은 여전히 불편하다는 것을 느꼈다. 하나노는 어색한 미소를 지으며 커피잔을 붙든다. 그러나 히로토는,

"츠바키의 아들이 고시엔에 나온 거 봤어."

하고 아무렇지 않게 기분 좋은 듯 얘기한다.

"그래, 타마가와 아키라. 홈런왕이지. 모두 그 얘기로 화제야."

하나노는 히로토의 입에서 츠바키라는 세 글자가 순순히 나온 것

에 대해 놀라지 않을 수 없었다. 고등학교 때는 츠바키를 못 잡아 먹어 안달이었던 히로토가 저리도 누그러든 말투로 얘기하다니 말이다.

"있잖아, 모두에게 사과할게. 이제서야 사과해. 물론 이 자리엔 없는 츠바키에게 먼저 해야겠지만…."

사과라니. 히로토에게 어떤 특별한 계기가 있었던 것일까, 모두가 의문을 품는 이 상황 속에서, 야구부 동문들은 마시던 잔에는 손을 대지 않은 채 묵묵히 고개를 숙였다. 그들은 손가락을 보거나, 냅킨을 만지작거리거나 하는 멋쩍은 기색을 내비쳤다.

"난 정말 비겁해. 그 녀석을 볼 면목이 없어. 누구라도 츠바키를 만나면 정말 미안하다고 전해 주라."

히로토는 자책과 슬픔이 교차하는 듯한, 복잡한 표정을 지었다. 그런 그의 등 뒤로, 갈릴리 호수에 폭풍이 치는 그림이 벽면에 걸려 있었다. 그와 같이 혼란스러웠던 그 날을 히로토는 회상하며 고백하기 시작했다.

따뜻한 금빛 햇살에 얼음이 녹고, 매화가 활짝 피는 초봄이었다. 언 땅을 뚫고 만개한 매화의 꽃잎처럼 뺨을 붉히고 선 학생들의 얼굴은 상기되어 있었다. 가슴에 졸업장을 안고 있는 그들은 교정을 활기차게 넘나들면서. 아마도 새로운 시작을 소망하고 있는 듯했다. 그러나, 곤색의 교복 재킷을 걸치고 선 히로토의 얼굴만은 무정하게 굳어 있었다.

"타마가와 츠바키 말이야. 교토대에 입학한다니, 재수 없지 않냐?"

하고 히로토의 친구가 히로토의 옆구리를 툭툭 치며 속삭였다.

"국제적 망신이지. 그 녀석을 받아 주는 교토대가."

히로토는 입술을 비틀거리며 비아냥거렸다. 그러나 그렇게 내뱉을수록 속이 시원하기는커녕, 배배 꼬인 밧줄처럼 감정은 뒤틀리기만 했다. 저것 봐라, 친구가 손가락으로 가리킨 곳에는 다름 아닌 츠바키가 졸업장과 꽃다발을 안고서 가족들과 걸어가고 있었다.

"쳇, 호랑이도 제 말 하면 온다더니."
"아니, 그 말도 아까워. 쟤는 짐승보다 못한, 조센징이라고."

하고 날카로운 면도날 같은 혀가 움직였다. 히로토는 저도 모르게 주먹을 쥐었다. 저 멀리 웃는 얼굴의 츠바키를 지켜보는 히로토의 마음은 혹독한 겨울이 되어 있었다. 질 나쁜 비국민들이 감히…!

"히로토? 얼굴이 좋지 않구나."

일회용 카메라를 들고 있는 히로토의 아빠가 어느새 히로토에게 다가와 그의 어깨를 잡았다. 히로토의 곁에 있던 친구는 어느새 사라지고 없었다.

"아. 아무것도 아니에요, 아빠."

히로토는 분노로 붉어진 안색을 감추는 듯, 고개를 홱 돌렸다. 그러나 히로토의 아빠는 단단히 마음을 먹고서,

"…네게 고백할 것이 있단다."

하며 입을 무겁게 떼었다.

"네가 힘들까 봐 그동안 얘기하지 않았다. 그저 모르고 사는 게 낫지 않겠나, 하는 생각에….."

예상치 못했던 분위기에 히로토는 고개를 들어, 햇살 아래 훤히 드러나는 아빠의 두 눈을 쳐다본다.

"그러나 때가 된 것 같구나. 너도….."

자신을 향하고 있는 아빠의 지친 두 눈. 히로토는 그에 저절로 압도되고 만다.

"너도 한국인이다, 히로토."

너도 한국인이다. 그 말을 듣는 순간,

"뭐, 뭐라고요?"
"일본인이 아니라, 너도 한국인이다, 히로토."
"네? 그게 대체 무슨….”

히로토는 그만 다리에 힘이 풀려 털썩, 흙바닥에 무릎을 꿇고 말았다.

"이 아빠와 널 낳아 준 친엄마도 한국인이다. 너를 생각해서 그랬다만, 오히려 너를 잘못된 길로 가게 만든 것 같구나.”

안타까운 표정으로 손을 불쑥 내미는 아빠를 외면한 채, 히로토는 거짓말이죠? 하고 겨우 눈물을 삼키며 말했다. 자신이 일본인으로 태어난 게 아니라, 일본으로 귀화한 한국인이라니. 그들 주변을 지나가는 학생들은 무슨 일인가, 게슴츠레한 눈으로 힐끔힐끔 쳐다보았다. 운동장 바닥에 무력하게 엎드린 히로토. 그의 머릿속으로는 주홍빛 같은 죄악의 기억들이 주마등처럼 스쳤다. 츠바키에게 모욕을 주고 괴롭혔던 일들 말이다. 야구부 연습이 끝나고 야구화를 신은 채 츠바키를 세게 걷어찼던 일까지. 신민의 정당성을 내세우며, 그를 괴롭혀 왔던 히로토는 자신이 수치스러워 견딜 수 없었다. 곧이어 그의 두 눈에서는 굵은 눈물방울들이 툭툭, 떨어지기 시작했다. 그것은 흙바닥과 흙바닥을 짚은 그의 손바닥을 적신다.

"믿을 수가 없어!"

하고 히로토는 참고 있던 울음을 결국 엉엉, 토해 내며 소리쳤다.

5장

뜻밖의
불행

아주 오래전 일이다. 이제 11살이 된 츠바키는 순진한 표정으로 질문했다.

"아빠. 신의 아들인 천황은 국민 7천만을 자기 자식같이 사랑해 준다고 했는데, 왜 조선 사람들은 미워하고 괴롭혔나요?"
"신의 아들이 아니었던 것 아닐까."

츠바키의 아빠는 김이 모락모락 피어오르는 찻잔을 들며 부드럽게 대답했다.

"진정한 신의 아들이라면, 세상의 모든 사람을 사랑하여 그들의 죄 대신 십자가에 달려 죽을 수 있는 분이지."

"네, 목숨까지 바쳐서요."

찻잔 위로 일렁이는 흐릿한 수증기는 불어 든 바람에 살짝살짝 사라진다. 아빠의 희끗희끗한 머리칼도 조금씩 흔들렸다. 곧, 다다미 바닥 위로 손을 대고서 아빠의 어깨에 작은 머리를 기대는 츠바키.

"얘, 넌 고향이 어디니?"

하고 동네 아이들이 궁금한 표정으로 넌지시 물으면,

"내 고향은 한국이야."

도쿄에서 태어난 츠바키는 늘 그렇게 당당하게 대답했다. 츠바키가 한국인인 것을 알게 된 어떤 아이들은 저고리는 왜 입지 않냐며 혀를 내밀고 놀리곤 했었다. 그럴 때마다 츠바키는 곤란함을 느꼈다. 엄밀히 말하자면, 츠바키의 고향은 남한이었다. 저고리를 입고 다니는 학생들은 자신과 같은 남한 학생들이 아니라, 조총련 계열의 조선학교에 다니는 북한 학생들이었다.

츠바키는 '곧 있으면 아버지 생신이야.'라고 말하던, 어느 북한 학생의 말 또한 잊지 못했다. 자신을 낳고 길러 준 아버지가 아니라, 김일성을 뜻하는 말이었기 때문이다. 공산주의라는 절대 권력 밑에서 세뇌되어 살아가는 그들이 가련하다고 느꼈다. 츠바키는 북한 동포들을 노예로 삼고 굶겨 죽이는 김일성을 이해할 수 없었다. 소위 그들의 아버지라는 김일성은 고급 음식을 먹고 풍채가 좋지만, 북한 사람들은 먹을 것이 없어 쥐 껍질을 먹고, 살기 위해 석탄까지 사탕처럼 갉아먹기 때문이다. 북한에 어떤 어린 소년은 너무나 배고파서 먹을 것을 구하러 가다가 철로에 떨어져 기차 바퀴에 한쪽 팔다리가 모두 잘렸다고 한다.[11] 그런 얘기를 들을 때면 츠바키는 마음이 아파서 아무 말도 못 한 채 가만히 눈물만 흘렸다.

"츠바키 씨. 도착하면 이것도 그쪽 팀장에게 전해 주고요."

현재 의료기기 회사에 다니고 있는 츠바키는 목요일인 내일부터 이틀간 출장이었다. 신식 장비가 구축되어 있는, 도쿄의 한 연구소에 가서 실험하고 기술을 배우고 오는 것이 이번 출장의 임무였다.

다음 날 해가 밝자, 츠바키는 도쿄행 비행기에 올라탔다. 도쿄에서 태어나고 자란 츠바키는 오래간만에 도쿄의 땅을 밟자 감회가 새로웠다. 그러나 그때와 사뭇 달라진 도시의 문명은 어딘가 황폐해 보였다. 차갑고 삭막한 분위기는 자신의 유년 시절을 그립게 만들었다. 어린 동생들과 새하얀 클로버꽃으로 팔찌를 만들기도 하고, 두리번거리며 네잎클로버를 찾으러 다녔던, 그 순수한 마음을 되찾

----

11   트럼프가 소개한 지성호 씨… 식량 구하려다 열차 사고로 왼쪽 손발 잃어 「조선일보」 김명성 기자. 2018.02.01. 03:08. (https://www.chosun.com/site/data/html_dir/2018/02/01/2018020100256.html)

고픈 소원이 간절해졌다.

"어유, 오셨습니까? 먼 길 오시느라 고생 많으셨습니다."

연구소 정문에서 기다리던 츠바키에게 교수는 임시 사원증을 건네주었다. 츠바키는 사원증을 센서에 찍고 나서 연구소 안으로 들어갈 수 있었다. 교수는 그를 먼저 자신의 연구실로 안내했다. 츠바키는 교수와 탁자에서 따뜻한 차를 마시며 이야기를 나누었다. 그러던 중, 츠바키의 머릿속으로는 '나기'라고 이름하는 한 사내가 돌연 떠올랐다. 나기는 자신과 같이 입사한 동기였는데, 젊고 유능한 청년이었다. 그러나 그와의 인연은 그리 길지 않았던 것. 나기는 자신과 같은 부서에서 1년을 일하다가 회사를 그만두더니 곧 도쿄로 건너갔다.

아, 그때 나기가 다시 일하게 된 연구소 부서가 여기일 텐데…. 츠바키는 이제야 생각난 것을 아쉬워하며,

"참, 예전에 같이 일했던 동료가 방금 생각났습니다만…, 혹시 토우라 나기 씨를 아십니까?"

하고 넌지시 물어보았다.

"아, 나기 씨. 알지요."

하고 입을 여는 교수의 낯빛이 변해 있었다. 교수는 곧,

"헌데 몸이 안 좋으셔서."

미간을 살짝 찌푸린다.

"아…, 그렇습니까?"
"연구소를 그만둔 지도 벌써 5년이 다 돼 가네요."

교수의 얼굴에 어두운 그림자가 드리워 있다. 찻잔의 손잡이를 슬며시 쥐는 그의 모습을 찬찬히 바라보는 츠바키,

"건강이 많이 안 좋았나 보죠?"

그리고 츠바키는 교수에게 나기를 꼭 만나고 싶다며 그가 입원해 있는 병원 주소를 받아 냈다. 그다음 날에 출장 업무를 무사히 마친 츠바키는 퇴근하자마자 가방과 선물을 챙겨서 외곽 지역에 있는 요양병원으로 택시를 타고 달려갔다.

"면회 가능할까요?"

면회라구요? 데스크에 있는 젊은 여직원이 신기하다는 표정으로 쳐다본다. 그 표정에 츠바키는 기분이 썩 좋지는 않았다.

"면회는 가능해요. 여기 대장에 이름과 주소, 연락처 써 주시고요. 본인 확인차 지금 전화가 갈 테니 잠시만 기다려 주세요."

곧 복도를 걷고 있는 츠바키. 복도에는 소독제의 청량한 냄새가 가득 풍겼다. 그리고 간간이, 환자들의 신음하는 소리가 들렸다. 복도에서 마주친 어떤 환자는 링거 폴대를 잡고 걸어가는데 몸이 많이 불편한지 걷는 모양이 엉거주춤했다. 더욱이 젊은 사람들이 꽤나 보였다.

이곳은 요양병원인데 왜 젊은 사람들이. 츠바키는 이상하게 생각했다. 일단, 그 여직원의 수상한 표정부터…. 츠바키는 나기가 있는 병실로 걸음을 계속 옮겼다. 그는 곧 문 옆에 붙어 있는 '토우라 나기'라는 팻말을 확인하고 노크했다.

"네, 들어오세요…."

누구의 것인지 모를 칼칼한 목소리. 병실에는 휠체어에 타고 있는 한 남자가 먼저 보였다. 두 눈을 감고 있는 그는 언뜻 웃고 있는 것 같기도 했다. 안심하는 츠바키는 그에게 가까이 다가갔다. 분명히 나기의 얼굴인 것 같았다. 그러나 동년의 사람들보다 늙고 상해 있었다.

"나기 씨, 오랜만입니다. 저는 타마가와 츠바키입니다. 기억하시나요? 입사 동기였습니다만.”

“…네? 죄송합니다. 기억이 자, 잘… 하하….”

하고 나기는 어눌한 발음으로 대답한다. 눈을 뜨지 않는 것은 분명 앞을 못 보는 것 같았다.

“선생은 어디서 오셨소?”

이를 지켜보던 한 늙은 환자가 갑작스레 말을 걸었다. 나이테처럼 깊은 주름과 처진 눈살. 그 속에 탁한 눈알이 츠바키를 향해 있었다.

“저는 나기 씨와 같은 회사에 다녔습니다. 지금은 하치노헤에 있습니다.”

“아하, 그랬구만….”

혀를 끌끌 차는 남자의 목소리가 그의 안타까운 심정을 드러내고 있었다. 츠바키는 그동안 나기에게 무슨 일이 생긴 것인지 알고 싶었다. 그때 마침 새하얀 가운을 입은 의사가 차트를 들고 병실에 들어왔다.

“안녕하세요? 츠바키 씨 맞으시죠?”

하고 앞머리칼을 단정하게 빗어 올린, 말끔한 용모의 의사가 츠바키를 보며 미소 지었다.

"네, 안녕하세요?"
"나기 씨, 오랜만에 반가운 손님이 오셨네요."

의사는 휠체어에 앉은 나기의 어깨를 다독였다. 그리고는,

"츠바키 씨. 잠깐만…."

의사 선생님은 츠바키를 쳐다보더니, 츠바키를 데리고 병실 밖
복도로 나갔다.

"의사 선생님. 그러잖아도 여쭙고 싶었습니다. 아니, 어떻게 된 일
입니까? 나기 씨를 마지막으로 본 게 한 9년 전이었을 겁니다. 저도
이제야 소식을 듣고 이렇게 왔습니다만….""
"나기 씨는 에이즈 환자입니다…."

순간 츠바키는 멍하니 의사를 바라봤다. 의사는 눈꺼풀을 찬찬히
내리며 입을 다시 열었다.

"참 딱한 친구죠. 아직 40살도 안 된 젊은이가 실명을 하고 앉은
뱅이로 있으니까 말입니다."

지금으로부터 7년 전, 석사 출신의 나기는 연구소 입사 이후로, 전보다 높은 연봉을 받으며 탄탄대로를 걷고 있었다. 업무 능력이 뛰어나고 대인관계도 원만하여, 입사 동기들보다 빠르게 승진하고 있었다. 그러던 중, 나기는 연구소의 중요한 프로젝트에서도 뛰어난 성과를 거두게 되었다. 소식을 들은 모두 축하해 주었고, 나기는 같은 팀원들과 근무를 마치고 회식을 거나하게 가졌다. 팀원들과 저녁 식사를 하고 술잔을 주거니 받거니 하면서 밤은 점점 깊어져만 갔다. 회식 분위기가 너무 좋다 보니 나기는 고량주를 과하게 마셨고, 정신을 제대로 차릴 수 없을 정도였다.

안 돼, 이제 집에 가야겠어. 나기는 흐릿한 의식을 겨우 가다듬으며 생각했다. 계속 머물러 있다가는 그 자리에서 뻗을지도 모르기에 얼른 그는 팀원들에게 인사하며 자리에서 일어났다.[12]

"어디로 가시죠?"

택시 기사의 목소리. 나기의 흐리멍덩한 시야에는 택시 기사의 얼굴이 밤의 그림자에 가려 잘 보이지 않았다. 그저 중년 남성이라는 것밖에는.

---

12 「국민일보」 [동성애에 맞선 하나님의 의병] (8) 16세 소년도 대기업 다니던 가장도, 동성애자 마수에… 2019년 12월 10일 입력, http://news.kmib.co.kr/article/view.asp?arcid=0924111779&code=23111111

어느새 시간이 흐르고, 택시 미터기에 찍힌 숫자는 계속 올라가고 있었다.

"…이제 다 왔나요?"

하고 정신을 잘 차리지 못하는 나기에게 택시 기사는, 네, 잘 도착했습니다, 라고 친절하게 대답했다. 그러나 택시가 멈춘 곳은 나기가 말했던 목적지가 아니었다. 이후 나기는 택시 기사에게 성폭행을 당하고 말았다.

"나기 씨가 울면서 제게 말하더군요. '원장님, 저는 그때 술이 너무 취해 저항할 수도 없었습니다'고 말입니다. 어쨌든, 그때 큰 충격을 받은 나기 씨는 급히 여러 검사를 받았는데, 안타깝게도 에이즈에 걸렸다는 진단이 나오고 말았습니다."

의사의 말을 집중하여 듣고 있던 츠바키는 나기의 밝고 선량한 얼굴을 기억했다. 자신과 같이 점심을 먹으며 커피를 사 주기도 하고, 웃으며 가족사진을 보여주던 나기를. 나기는 아내를 끔찍이도 아끼고 사랑하던 사람이었다.

"츠바키 씨. 에이즈 바이러스는 착한 사람이라며 봐주지 않아요. 나기 씨의 몸을 사정없이 파먹어 버렸죠. 그래서 실명까지 하고 휠체어를 타고 다니는 신세가 되어 버렸습니다."

하고 의사는 자판기 커피를 내리며 츠바키에게 내밀었다.

"나기 씨의 아내는 에이즈에 걸린 남편을 지키고 싶어 했어요. 나기 씨도 그런 아내를 매일 만나고 싶어 했구요. 아내가 문병을 왔다가는 날은 마음이 안정되고 행복하다고 하더군요. 어느 순간엔 발소리만 들어도 아내인 줄 알더라구요. 얼마나 사랑하면 그 사람의 발소리까지 기억하는 걸까요?"

의사는 그런 나기와 아내를 보면서 사랑의 힘을 생각했다고 한다.

"그런데…. 그 이름 모를 동성애자가 단란한 한 가정을 무참히 짓밟고 만 거죠."
"그렇군요. 의사 선생님. 그리고 보면 진화론 가설은 확실히 틀린 게 아닐까요? 갈수록 짐승보다 못한 사람들이 더 많아지니까요."
"네, 저도 그렇게 생각합니다. 악해져만 가는 시대죠. 나기 씨와 아내는 최선을 다해 사랑을 지키려고 했지만, 동성애자 성폭행범에게 당한 뒤로 지옥과 같은 고통은 끊이지 않았어요."

의사는 진중한 표정으로 계속하여 말을 이어 나갔다.

"어느 날, 나기의 어머님께서 며느리를 만나 이혼을 권유하셨다고 하더군요. 너무 미안해서 못 견디겠다고 하시면서…. 제발 부탁이니 아들과 이혼하라고 하시면서. 서로 대성통곡을 했다고 합니다."

"그런 비극이…. 너무나도 유감입니다."

"네, 에이즈의 원인은 HIV 감염이고, HIV 감염의 원인은 동성 간 성 접촉이죠. 에이즈라는 확실한 병명이 밝혀지지 않았을 때는, '게이 암'이라고도 불렸습니다."

"게이 암이라뇨?"

"HIV 감염의 위험도는 남성 동성애자(gay)가 이성애자보다 25배 높고, 성매매 종사 여성은 일반인보다 26배, 트랜스젠더는 다른 성인보다 34배 높습니다.[13] 제 병원에 오는 환자도 대부분 남자였어요. 간혹 여자가 있었는데 양성애자 남편이나 애인에게 전염된 경우였죠. 동성애를 해도 HIV에 걸릴 확률이 낮다는 말이 돌아다니지만, 그것은 거짓말입니다."

"음, 인간이란 자신이 믿고 싶은 것을 믿으려고 하니까요."

"네, 진실은 마음을 불편하게 만들거든요. 저는 10년이 넘도록 이 병원을 운영해오면서 7만 번 이상 에이즈 환자를 치료했어요. 나기 씨는 예외적으로 불의의 사고를 당한 것이지만, 이곳의 에이즈 환자들은 모두 동성애자들입니다. 그리고 다들 동성애와 에이즈의 상관성을 몰랐다며 피눈물을 흘리며 후회하지요."

이곳의 에이즈 환자들이 모두 동성애자들이라고? 하고 츠바키는 의미심장하게 되뇌었다. 그의 손가락 끝에 느껴지는 자판기 커피의 온도는 점점 식어 가고 있었다.

· · · · · · · · · · · · · · · · · · · ·

13   HIV 감염의 위험도 (출처: Global Aids update 2021)

"그럼 이곳에 오는 에이즈 환자들의 상태는 대부분 어떻습니까?"

"아주 심각한 상황이죠. 에이즈에 걸리면 바이러스가 뇌를 망가뜨려서 반신마비, 전신마비, 식물인간이 돼요."

물론, 실명, 치매까지도 따라왔다. 나기의 초점이 없는 눈동자를 떠올리는 츠바키는 답답함을 감추지 못하며, 차게 식은 커피를 들이마셨다.

6장

우리가 외면했던
하나의 진실

오늘은 소망고 가을 문화제가 열리는 날이다. 구름 한 점 없는, 맑은 가을 하늘 아래, 소망고 야구부원들은 문화제를 즐기지 못하고 한창 연습 중이었다. 야구부 주장이자 투수인 스카이도 훈련장에 서서 투구 훈련에 몰입 중이었다.

"스카이. 직구랑 변화구 스로잉(throwing)말야. 많이 좋아졌는데, 간격을 더 줄여 보자구."

공 코치인 토마도 스카이의 옆에 붙어서서 열심히 가르치고 있었다.

"나이스 배팅!"

피칭 머신에서는 야구공이 자동으로 뻗어 나오고, 배트에 깡, 맞는 소리가 연이어 들린다.

풀(full) 연습이라니. 배트를 들고 선 아키라는 내심 감격하고 있었다. 문화제 기간 동안 하루 종일 연습할 수 있어 기쁜 것이다. 3학년 포수 준도 땀을 뻘뻘 흘리며 배팅 연습을 하고 있었다. 그는 이제 도쿄의 한 대학교에 합격을 하여 마음을 편히 놓고 야구 연습에 집중한다. 이츠키도 프로 지명을 받고 요코하마 야구단으로 가게 되었다.

"내 공 받아 주러 와야 한다!"
"네가 와야지, 인마!"

합격 소식을 듣던 날, 준과 이츠키는 그렇게 서로 장난을 쳤다. 한편, 샤베의 남자친구인, 유도부 3학년 마츠타케도 추천 전형으로 합격하여 내년부터 도쿄의 위성도시인 쓰쿠바시로 가게 되었다.

"자, 오늘의 미션! 문화제 풍경 그리기입니다. 작품을 뽑아 학교 게시판에 게시할 예정이오니 분발해 주세요!"

미술부장 사유리의 선언으로 미술부원들은 가을 문화제의 시작을 실감했다.

어라? 오늘 카키가 안보이네. 두리번거리는 레아는 카키가 오늘 미술실에 모습을 보이지 않아 의아해하고 있었다. *지각인가?* 레아는 카키와 친한 사유리에게 물어보고 싶었지만, 사유리는 학생들의 질문에 답변하고 있느라 여념이 없었다. 그런 사유리의 모습을 바라보던 레아의 팔을 친구 메이가 끌어당기며 재촉했다. *응, 얼른 가자!* 하고 레아는 고개를 끄덕거리더니, 메이와 함께 스케치북을 들고서 미술실을 유유히 빠져나갔다.

러닝 트랙과 푸른 잔디밭이 깔린 운동장에는 교복을 입은 학생들이 동아리별로 부스를 차리며 문화제를 준비하고 있었다. 다도부에서는 센베이와 전통차를, 서예부에서도 학생들의 작품을 전시하고 있었다. 오케스트라부가 연주하는 클래식 음악은, 학교 건물들 뒤로 보이는 불긋불긋한 적막강산에 운치를 더했다.

"안녕하세요, 선배님!"

한편, 레아와 메이는 한 캠페인 부스에 관심을 보이고 있었다. 프로라이프(pro-life: 태아 생명 살리기) 캠페인 부스였다.

"그래, 안녕!"

부스를 총괄하는, 전교 부회장 미하루가 반갑게 맞아 주었다. 그녀는 분홍색 머리띠와 카디건을 착용하고 있었다. 분홍빛 페인트를 칠한 캠페인 부스와 딱 어우러졌다. 레아와 메이는 밝은 미소를 지으며 부스 안을 곧 살펴보기 시작했다. 탁자 위에는, '저를 살려 주세요'라고 적힌 브로슈어와 10주 태아의 발 모양 배지가 놓여 있었다. 아주 작은 사이즈였지만, 선명하게 보이는 10개의 발가락들은.

"너희들 손 한번 펴 볼 수 있어?"

하는 미하루의 말에 레아와 메이는 손바닥을 펴 보인다. 그러자 그들의 손안에, 태아의 모형이 조심스럽게 놓인다. 눈, 코, 입, 손가락, 발가락 등 '인간'이라고 말할 수 있는 모든 것이 형성되어 있었다.

"와, 이 크기면 몇 주 된 아기예요?"
"10주 된 아기야. 3~4cm 정도 되지."

레아와 메이는 실로 감탄하는 표정이었다. 자신의 손바닥에 놓인 태아 모형이, 나 여기 살아 있어요, 라고 꿈틀대며 말하는 것 같았다.

"10주 된 아기가 낙태를 가장 많이 당하고 있어. 하지만 태아는 단순한 세포가 아닌 생명을 가진 인간이야. 수정된 22일부터 심장이 뛰기 시작해. 그런데 어쩌면 좋지…. 고양이 죽음보다 못하게 되어 버렸으니."

하고 나지막이 말하는 미하루는 슬픈 듯, 쌍꺼풀진 두 눈을 반쯤 내리감는다. 반려동물을 학대하기만 해도 징역 2년 이하 벌금 2천만 원 이하의 처벌을 받고, 3년 이하 벌금 3천만 원 이하 처벌을 받게 되어 있는데, 인간이라는 태아는 그만한 대접도 받지 못했다.

"의사들이 선언하는 히포크라테스 선서문 내용에는 말이야. '나는 생명이 수태된 순간부터 인간의 생명을 존중하겠다.'라고 적혀 있어. 태아는 수정된 순간부터 인간이야."

"뭐라구요? 수정부터 인간? 차라리 바퀴벌레가 나아요, 선배."

하고 시퍼렇게 날이 선 목소리가 번갯불처럼 꽂혔다. 레아와 메이는 놀란 표정으로 뒤를 돌아다보았다.

"사유리?"

팔짱을 끼고 삐딱하게 선 사유리가 뿔테 안경 뒤로 가느다란 눈을 부릅뜬 채 서 있었다. 사유리의 얼음장처럼 차가운 표정이 그녀의 무정함을 여실히 알려 주고 있었다.

"사유리. 독일의 나치들이 유대인 학살을 시작하면서, 유대인들을 '쥐'라고 불렀지?"

하고 미하루는 사유리를 바라보면서 담담하게 얘기했다.

"지금도 낙태를 정당화하는 사람들은 태아들을 '기생충'이라고 부르고 있지.[14] 사유리가 바퀴벌레라고 표현한 것처럼 말이야."

곧 그들의 귓가에는 오케스트라부의 기교 있는 연주 소리가 들려왔다. 차이콥스키의 「가을의 노래」였다. 느릿하고 비통한 선율이 가을의 싸늘한 공기를 가로지른다.

"그래, 사유리. 우리도 똑같이 태아였잖아. 부모님이 너를 낙태했다면, 너 역시 태어나지 못했고 이렇게 세상에서 숨 쉬며 살아가고 있지 못해."

하고 레아도 태아 모형을 탁자 위에 내려놓으며 얘기했다. 그리고는,

"너도 한번 읽어 볼래?"

하고서, '저를 살려 주세요'라고 선명하게 적힌 브로슈어를 사유리에게 조용히 건넸다.

금빛 햇살이 조금씩 엷어져 가는 오후. 교문 밖으로 걸어가고 있거나, 자전거를 타는 학생들이 보였다. 가을 문화제를 마치고 돌아

....

14   LIVE ACTION 대표, 라일라 로즈(Lila Rose)의 설명: 포리베(instagram: folibe_for_little_baby)

가는 소망고 학생들의 분위기는 여전히 들떠 있었다. 이와는 달리, 온기란 모두 빼앗겨 버린 것 같은, 차가운 방에서 카키는 혼자 울고 있었다. 한 손에는 휴대폰을 쥐고서.

그래서 오빠는 정말 몰랐던 거예요?
pm 3:11

걱정 마 별거 아니야
pm 3:12

뭐? 별거 아니라고? 카키는 유명 유튜버인 20대 후반의 약사 청년과 대화 중이었다. 그동안 둘 사이에 어떤 일이 있었던 것일까. 몇 주 전, 카키는 SNS로 그에게 연락해 실제로 그와 만나게 되었다. 카키는 꿈인지 생신지 믿기지 않았고, 구름 위를 걷는 듯한 황홀한 기분을 느꼈다. 그러나 정작 만나게 된 유튜버는 카키와 데이트를 하고서 곧장 잠자리를 요구했다. 카키는 갑작스럽고 당혹스러웠지만, 그를 놓치고 싶지 않았기에 그의 요구를 들어줄 수밖에 없었다.

그러나 그와 잠자리를 몇 번 가진 이후로 카키는 알 수 없는, 심한 고통에 시달리기 시작했다. 아랫배 밑이 뻐근해지면서 불에 덴 듯이 타들어 가는 고통을 느꼈다. 결국 참아 내기가 힘들었던 카키는 곧장 병원에 달려가서 검사를 받게 되었다.

"헤르페스 바이러스 2형과 유레아플라즈마(균)에 감염되었습니다. 특히 여성의 생식기는 남성보다 약해, 바이러스 감염자와 성관계 때 전파될 위험이 더 높아요."

하고 말하는 의사의 진단을, 카키는 믿을 수가 없었다. 그러나 믿어야만 했다. 그녀가 느끼고 있는 증상과 고통이 이 끔찍한 사실을 증명하고 있었다. 카키는 점점 숨통이 막혀 오는 것 같았다.

"특히 청소년 때는 성관계 시 성병에 걸릴 위험이 더 크고, 자궁경부암에 걸릴 확률도 3배나 높습니다."

더욱이, '더 이상 아이를 가질 수 없다.'는 사실은 카키에게 가장 큰 충격이 되었다.

별거 아니라구요?? 별거 아닌 게 불임까지 돼요??
pm 3:13

몰랐어 남자만 그런 줄 알았는데 여자도 그런가 봐
pm 3:15

자신에게 성병을 옮긴 그의 계속적인 변명. *약사 맞아?* 카키는 화가 나서 침대 위로 휴대폰을 던졌다. 카키와 이런 일이 벌어졌어도 이 유튜버는 '약사 시험 준비생을 위한 라이브 방송'과 '여성 건강

모임'을 열면서 바른 척 이중적인 생활을 계속했다. 그것은 카키를 더욱 분하게 만들었다.

내가 왜 이런 일에 휘말린 걸까…. 그래, 사유리는 내 기분에 맞춰서 부추겼어. 하지만 레아는 그렇지 않았어. 레아는 뭔가 느꼈던 거야. 레아의 말을 좀 더 들어 봤어야 했는데. 곧 카키의 가녀린 어깨가 분노로 떨리고, 후회의 눈물만이 뚝뚝 흘렀다. 앞으로 어떻게 살아가야 할지 막막하기만 했다. 불임에, 결혼을 한다고 해도 배우자에게 같은 성병을 전염시키게 된다! 카키는 무엇이든 선택의 결과가 있고 그 대가를 치러야 한다는 것을 기억하지 못했다. 너무나도 큰 절망감에 빠진 카키는 곧바로 격렬한 울음을 터뜨리고 말았다. 이 연약하고 미숙한 모습의 소녀가 잘못된 선택을 하게 된 이유는 무엇일까.

7장

죄인들

1

바야흐로 추운 겨울이었다. 흐린 하늘에서는 새하얀 눈이 내리고 있었다. 길 위의 사람들은 두툼한 목도리를 두르고서, 눈길을 걸어가고 있었다. 저마다 부르튼 입술 밖으로 뿌연 입김이 솟아올랐다가 눈발 사이로 사라졌다. 뽀드득, 눈 밟히는 소리 뒤로 여기저기 찍히는 회색 발자국들. 도시의 저편, 티끌처럼 떠돌며 방황하는 이들의 모습을 하얗게 가리우는 눈송이들. 그러나 먹물보다도 더 검은 마음까지 덮어 주지 못한다.

이제는 인적이 보이지 않는 소망고등학교 교정에도 새하얀 설경이 펼쳐져 있었다. 아카시아 나무, 벚나무, 살구나무, 버즘나무…. 그것들의 이름과 형체를 알아볼 수 없도록 말라 버린 몸들 위에 눈이 쌓여 있었다. 가지들 사이로 숨어 있던 새가 푸드득, 날아가는 자리에 눈덩이들이 아래로 투둑, 떨어진다. 산경 가운데 그 소리뿐. 적막한 공기만이 흐르고 있었다.

소망고 야구부 숙소도 이미 비어 있었다. 크리스마스이브를 기점으로 겨울 방학이 시작되었던 것이다. 부원들은 규슈 지방으로 2주간 합숙 훈련을 떠났다. 규슈 지방은 일본 남부에 있어, 하치노헤가 속한 도호쿠 지방보다 많이 따뜻한 곳이다. 하치노헤의 겨울은 춥고 길었다. 3월에도 눈을 볼 수 있다.

한편, 이번 해 고시엔 대회에서 2등을 차지했던 오사카 제일고 야구부는 2주간 해외 전지훈련을 예정하고 있었다. 전지훈련 장소는 미국이었다. 모든 부원은 드넓은 미국 땅을 밟게 될 것을 기대하는 마음이었다. 에이스 투수인 카이토 또한 마찬가지였다. 그는 책상에 앉아 해외 전지훈련 동의서를 적고 있었다. 종이를 스치는 펜의 검은 잉크 자국은 오늘의 날짜와 그의 이름으로 변하고 있었다. 그의 이름 카이토는 파도의 소리라는 뜻이다. 그의 눈동자는 펜을 따라 움직이고, 사각거리던, 펜의 마찰음이 곧 멈췄다. 그는 탁, 펜을 책상에 내려놓는다.

책상 위, 가습기에서는 수증기가 피어오르고 있었다. 옅은 습기 속에서, 카이토의 두 눈에는 푸른 바다빛이 어른거렸다. 그가 들고 있는 엽서가 눈동자에 비치고 있었다. 큰 몸집의 괭이갈매기가 광활한 바다 위를 떠돌고 있는, 하치노헤에서 날아온 엽서였다. 카이토가 사는 오사카에도 바다가 있지만, 오사카에서는 볼 수 없는 색다른 풍경이었다.

> *To. 카이토*
> 안녕. 벌써 겨울 방학이다.
> 무리하지 말고 내년에 건강한 모습으로 다시 만나기를 바란다.
> 야구 선수는 부상을 당하지 않는 것도 재능이라고
> 누군가가 말했지.
> *From. 아키라*

그래, 부상을 당하지 않는 것도…. 카이토는 오른쪽 주먹을 폈다가 쥐었다. 카이토는 오른손 투수였다. 그는 야구를 시작한 때부터 오른팔을 보호하기 위해, 무거운 짐을 들거나 힘쓰는 일을 할 때는 무조건 왼팔을 썼다. 온천탕에서도 물에 손을 절대 담그지 않았다. 굳은살이 다 물러지기 때문이다.

투혼, 투지. 그것은 일본의 고교구아라면 누구나 좋아하는 단어일 것이다. 일본의 국민들은 그러한 소년들의 열정을 보고 싶어 했다. 그러나 그들이 열정만으로 감당하는 것은 분명히 한계가 있었다. 부상당할 위험도 잦았고, 몸을 너무 혹사시켜 야구를 아예 못하게 될 위험도 있었다. 이 때문에 일본 고교 야구 연맹에서는 투수가 던지는 공의 개수를 제한했다. 투수는 7일에 500개 이내의 공만을 던질 수 있도록 정한 것이다. 투구 수 제한으로, 고교 야구부는 두 번째, 세 번째 투수도 뽑아야 했다. 오사카 제일고의 두 번째 투수는 야구부 주장인 쿄였다.

"공을 쳐 냈습니다! 쭉쭉 뻗어 갑니다!"

고조적으로 부르짖는 중계 위원의 목소리. 숙소 식당 벽에 걸린 TV 화면에서 나오는 소리였다. 제일고 야구부원들은 고시엔 하이라이트를 보면서, 저녁 식사를 하고 있었다. 오늘의 저녁 메뉴는 양파카레였다.

"자이니치 주제에, 홈런 한 방 쳤다고."

TV에 아키라의 얼굴이 보이자, 쿄가 조롱하듯 얘기했다. 순간 맞은편, 카이토의 눈썹이 움찔한다.

"자이니치 주제라니. 일본인이라 자신할 거면 그다운 언행을 갖춰야지, 쿄."
"여어, 카이토? 너도 조센징 편이냐?"

하고 쿄는 두 눈을 날카롭게 치켜뜨며 카이토를 노려보았다. 은색 숟가락을 찔러 넣은 카레 그릇에서는 뜨거운 김이 모락모락 피어오르고 있었다.

"물론, 일본을 미워하는 한국의 반일 감정도 잘못됐다고 생각한다. 미워하는 것은 곧 살인하는 것이니까. 일본과 한국이 서로 형제처럼 생각한다면 얼마나 좋을까?"

라고 말하는 카이토의 투명한 안경알에, 마주 보고 있는 쿄의 얼굴이 비친다. 그의 무정한 얼굴은 종잇조각처럼 한순간에 일그러졌다.

"그게 뭐든, 아니 뭔 상관이야? 일부러 저 새끼한테 홈런이나 내준 자식이! 아, 진짜, 못하는 말이 없네? 야, 넌 뭐라고 할 자격도 없어! 사구를 던지라는 사인은 왜 무시했냐고! 너 때문에 우리가 우승 못 한 거야, 이 새꺄!"

마음에 숨겼던 분노를 가득 토해 낸 쿄의 얼굴은 붉으락푸르락했다.

"야야, 둘이 무슨 얘기 하냐?"

카레를 잠자코 먹고 있던 주위의 부원들이 둘을 말리기 시작했다. 카이토는 잠깐 침묵하며 안경을 고쳐 썼다. 쿄가 고시엔 이후로 내게 계속 차갑게 군 이유가. 바로 이 때문이었군.

"스코어보드를 향해서, 우리 학교 교가를 부르지 못해 나도 정말 유감이었다. 하지만, 사구를 던졌다고 우리가 우승했을 거란 장담은 할 수 없어, 쿄."

"뭐, 이 자식아? 내가 던졌다면, 반드시 이겼어!"

"자. 죽은 공을 계속 던져서 이겼다 치자. 그렇게 비겁하게 우승하면 과연 여론은 가만있을까? 박수 치면서 너 진짜 잘했다며 축하해줄까? 아니. 우리 야구부는 평생 비겁자라는 비난만 받고 살 거다."

실제 사례는 있었다. 몇 년 전, M고등학교 야구부는 상대 팀의 중심 타자에게 고의 사구를 다섯 번 연속으로 던졌다. 전략이 통했는지 한 점 차이로 우승하게 되었다. 그러나 우승의 기쁨도 잠시, 여론은 그들의 손을 들어주지 않았다. 고교 야구가 정정당당하지 못하고 승리만을 최우선으로 생각해선 되겠냐며, 오히려 비판의 여론이 높았다. 그렇게 우승한 M고등학교 야구부는 지역 주민들에게조차 철저하게 외면을 당하고 말았다. 결국, 그들은 빛나는 영광이 아닌, 쓰디쓴 불명예만을 안게 된 것이다.

"우리의 앞날을 위해서, 정정당당하게 승부하는 게 백 번 나아. 떳떳한 2등이 진정한 우승이지. 사실, 우리가 고시엔에서 2등 한 것도 기적이야. 그렇지 않아? 오히려 감사하자, 쿄."

카이토의 말에, 쿄는 아무 대답도 못 하고 입술을 일자로 굳게 다문다. 곧, 쿄의 두 눈에서는 눈물방울이 투둑투둑, 떨어지기 시작했다. 아마도 과연, 슬퍼서 흘리는 눈물은 결코 아니었다.

"소망고가 제일고를 눌러 버렸습니다! 야구 역사에 남는 격투였습니다!"

침묵하는 그들 머리 위로, 네모난 TV 화면에서는 중계 위원의 흥분된 목소리가 크게 나오고 있었다.

2

"야호, 드디어 미국에 간다! 넌 좌석 어디냐?"
"31번 K. 아, 나 창가 자리 싫은데. 화장실 가기 완전 불편하잖아."
"그래? 그럼 내 자리랑 바꿀까?"

제일고 야구부는 겨울 방학이 시작되자마자 계획대로 미국으로 전지훈련을 떠났다. 미국 서부에 도착하자, 계절은 겨울이나, 여전히 18도 정도의 온도로 날씨가 훈훈했다. 이방 땅을 밟았다는, 설레는 마음도 잠시, 감독은 훈련장에 들어선 부원들에게 빡빡한 스케줄부터 발표했다. 물론, 전지훈련 비용도 만만치 않았기에, 모든 시간을 허투루 보낼 수는 없었다.

"아, 이렇게 크리스마스는 가는 건가."

첫날 저녁 훈련을 마친 카이토는 로비에 앉아, 색색의 전구알들이 반짝이고 있는 트리를 보고 있었다. 트리의 나뭇잎 사이에는 활짝 핀 모양의 붉은 포인세티아가 군데군데 꽂혀 있었다.

"그러게. 크리스마스의 추억도 제대로 못 만들어 보고. 훈련만 하다가 보내는 크리스마스잖아? 이제는 저 전구들이 다 야구공으로 보일 지경이다!"

하고 리츠는 기지개를 쭉 켰다. 리츠는 카이토의 배터리로 포수를 맡고 있다.

"그런데 카이토, 궁금한 게 있어. 크리스마스 뜻이 뭐야?"

리츠는 카이토를 문득 쳐다보며 묻는다. 리츠의 엷은 눈썹이 천장에 달린 환한 조명에 비추어 더 엷게 보였다.

"음, 엄연히 말하자면 '크라이스트 마스'인데. 크라이스트는 구원자라는 뜻이고, 하나님의 아들이신 '예수님'을 말하지. 마스는 예배하라는 뜻이야."
"아, 구원자 예수님을 예배하라. 뭔가 겸허하게 보내야겠는걸."

하고 리츠는 갑작스레 합장을 하며 고개를 꾸벅 숙인다.

"리츠. 넌 구원이라는 걸 믿어? 난 구원이라는 걸 믿어."

카이토가 가만히 미소 지으며, 리츠를 바라보았다.

"글쎄. 잘 쓰지 않는 단어라. 그 의미를 깊이 생각해 본 적이 없는걸."

"구원이란, 죄에서 해방되는 것 아닐까."

"죄에서 해방되는 것…. 죄라니 무거운 말인데, 카이토."

"음. 그리고 무서운 말이지, 리츠."

하고 카이토의 목소리가 고요한 빗줄기처럼 낮게 떨어졌다.

"무섭다라."

"욕심이 잉태하면 죄를 낳고. 그 죄가 자라나서 죽음에 이르는 거라지."

"죄는 곧 죽음인 건가?"

"그래. 그런 의미에서 크리스마스는 기쁜 날이야. 예수님께서 우리를 죄에서 건지기 위해 이 땅에 오셨거든. 그래서 예수님을 구원자라고 부르는 거야."

"그럼 예수님을 믿으면 구원을 받는다는 말이야?"

"그렇지. 예수님을 믿으면 구원받아서 행복한 천국에서 영원히 살게 되지."

순간 크리스마스트리의 전구알이 반짝거리며, 붉은색으로 바뀌었다. 마치 십자가에서 흘리신 예수님의 보혈처럼.

"창을 빼사 나를 쫓는 자의 길을 막으시고, 또 내 영혼에게 나는 네 구원이라 이르소서."

기도하는 것 같은 카이토의 낮은 목소리와 함께 누군가의 발소리가 뚜벅뚜벅, 겹쳐 들렸다.

"어이, 너네들 여기서 수다 떨고 있었냐. 곧 점호한다는데."

어느새 로비로 내려온 부주장이 팔짱을 끼고 그들을 쳐다보고 있었다.

"아. 벌써 시간이 이렇게 됐나?"

하고 카이토와 리츠는 머리를 긁적이며 그만 자리에서 일어나고야 말았다.

"야야, 선배 말을 개무시하냐?"

213호 방 안. 거친 욕설이 난데없이 터져 나오고 있었다. 2학년 젠은 배팅 장갑까지 끼고서 야구 배트를 들고 있었다. 씩씩거리는 얼굴로 말이다. 그리고 그 앞에는 1학년 유우토가 엎드려뻗쳐를 하고 있었다. 곧장 젠은 들고 있던 배트로 유우토의 엉덩이를 가차 없이 후려 팼다. 유우토는 윽, 하고 바닥 위로 철푸덕 널브러진다. 그

의 얼굴은 온통 땀과 눈물범벅이었는데도,

"일어서!"

인정사정없이 막무가내로 소리치는 젠이었다.

"야, 내 말 안 들려?"

유우토의 감은 두 눈에서 뜨거운 눈물이 흘렀다. 캄캄한 암흑뿐
인, 그 속에서, 보고 싶은 부모님의 얼굴이 스쳐 지나갔다. 야구 선
수가 되고 싶은 아들 잘되라고, 늘 뒷바라지하며 고생하시는 부모
님의 얼굴이.

그래, 이번만 참으면 돼. 이번만 참으면… 모든 것이 별 탈 없이
지나갈 거야. 유우토는 입술을 꾹 깨물며 바닥을 짚었다. 그러나 몸
이 뜻대로 말을 잘 듣지 않았다.

"야, 일어나라고!"

곧, 쇳덩이의 뭉뚝한 끝이, 엎드린 유우토의 손등에 닿았다. 그것
은 얼음처럼 차가웠다. 그러나 젠의 눈빛만큼 차갑지 않았다. 젠의
표정은 잔인해져 갔다. 그는 금속 배트로 유우토의 손등을 꾹꾹 눌
렀다. 그 손은 유우토가 공을 던질 때 사용하는 오른손이었다. 그러

자, 선배, 잘못했어요, 하며 유우토는 울부짖었다.

"킥, 손도 못 쓰게 만들어 줄까?"

하고 젠은 금세 즐거운 표정으로 변해서 실실거렸다. 그러나 그의 두 눈만은 파충류의 것처럼 냉혹했다.

그때 갑자기, 딩동, 벨이 울렸다. 순간 젠은 화들짝 놀라며, 휴대폰을 재빨리 바지 주머니에 도로 집어넣었다. *이 시간에 누구지. 코치인가.* 그리 의아해하며,

"누구세요?"

하고 말하는 젠은 배트와 배팅 장갑을 얼른 장롱 속에 감춘다. 그의 움직임은 약삭스럽게도 신속했다.

"나야."

출입문 너머로 들려오는 남자의 목소리. 확실히 코치는 아닌 것 같았다. 조금 안심하는 젠은,

"네? 누구시죠?"

하고 잘 들리도록 외쳤다.

"카이토."
"아아."

젠은 창백한 이마를 쓸어 올리며 웃었다.

"왜, 무슨 일이야?"

하고 출입문에 다가서는 젠.

"전해 줄 게 있어서."
"뭔데."
"일단 문 열어 봐."
"아…. 기다려."

젠은 신경질을 내며 돌아섰다. 그리고는 옆에 서 있던, 같은 2학년 부원에게 눈짓을 했다. 그들은 곧바로 쓰러져 있는 유우토를 들어 올려 침대 위로 옮겼다. 젠은 유우토의 얼굴까지 이불을 덮어 주며 그의 귓가에 조용히 속삭였다.

"끝까지 자는 척해."

젠은 곧 잠금 해제하며 문을 침착하게 열었다. 끼이익, 열리는 문틈 사이로 카이토의 모습이 점점 드러났다. 그의 손에는 A4 종이 한 장이 들려 있었다.

"내일 스케줄이 바뀌었다니까, 참고하라고."

하고 카이토는 젠에게 인쇄 종이 한 장을 건네준다.

"아."

젠은 고개를 짧게 끄덕였다. 스케줄을 훑어보는 젠의 시선은 종이의 아래쪽으로 점점 움직였다.

"유우토는 자냐?"

카이토가 기웃거리며 안쪽 방에 들어가고 있었다. 그러니까, 나는 확인하고 싶었다. 오늘 보았던, 유우토의 충혈된 두 눈이 어쩐지 마음에 걸렸다. 축 처진 표정까지도. 녀석의 말대로 그저 피곤했던 것인지. 아니면…?

유우토가 이불을 덮어쓰고 침대에 누워 있었다.

"유우토?"

하고 카이토는 그의 이름을 부르며 침대 쪽으로 한 발짝 더 다가
선다.

"야, 왜 그래, 우리 후배님 자는데."

그러나 젠이 재빨리 달려와 카이토의 앞을 막아섰다. 그의 입술이
미미하게 떨리고 있었다.

"우리 후배 님 지금 완전 곯아떨어졌어. 오늘 많이 피곤해하더
라고."
"아, 젠, 잠깐만."

하고 카이토는 젠을 제치고 앞으로 가려는데, 그때 젠이 성난 것
처럼 카이토의 팔목을 확 붙들었다. 순간 카이토는 섬뜩한 기분이
들었다.

"야, 깨우지 말라고!"

잡힌 팔목이 아려 오는 것을 느끼면서 카이토는 젠을 쳐다보았
다. 잠시간의 침묵이 흘렀다. 카이토는 갑자기 돌변하는 그의 행동
이 위험천만하다고 느꼈다.

"아아, 그래. 미안. 곤히 자는 것 같은데, 깨우지 않을게."

하고 카이토가 부드럽게 웃었다. 젠도 카이토의 팔목을 서서히 놓았다. 꽉 잡혔던 카이토의 팔목 부분은 혈류가 통하지 않아 창백한 색을 띠고 있었다.

"일단 내일 깨면 바뀐 스케줄 꼭 말해 줘."

하고 카이토는 아무렇지 않게, 상황을 마무리하는 듯 뒤돌아섰다. 긴장된 분위기는 일순간에 풀렸다.

"그럼. 우리 후배님께 꼭 알려드려야지."

젠이 썩 어울리지 않는 미소를 띠었다. 그래, 굿밤, 하고 인사하며 출입문을 향해 걸어가는 카이토. 발밑으로 푹신하게 밟히는 카펫이 그에게는 늪처럼 느껴졌다.

곧 복도로 나가자, 벽에 걸린 램프는 홀로 빛을 발하고 있었다. 그 빛을 의지한 채, 카이토는 벽에 기대어 섰다. 감독님한테 말해야겠어. 아냐, 코치님한테 말할까. 누구에게 먼저 얘기해야 할지 고민하고 있는 자신이 이상하게 느껴졌다. 내가 감독님을 믿지 못하는 걸까. 카이토는 감독의 얼굴을 떠올렸다. 주름진 얼굴에 죽은 고목처럼, 생기 하나 없이 굳은 얼굴.

"젠은 오늘 일본으로 돌아간다."

다음 날, 젠은 후배 폭행 사실이 발각되면서 감독에게 직접 오사카행 비행기 표를 받았다. 티켓을 받은 젠의 얼굴은 점점 붉어지기 시작한다. 물밀 듯한 수치심과 그 수치심을 애써 부인하는 분노로 가득 차고 있었다. 젠은 자신이 잘못했다는 생각을 조금도 하지 않았다.

유우토도 젠이 떠나고 이틀 후 일본으로 돌아가게 되었다. 자신만 참고 견디면 모든 일이 잘 끝날 거라고 생각했던 유우토도 이미 몸과 마음이 망가져, 더 이상 훈련에 집중할 수 없었다. 이 소식을 들은 유우토의 부모는 큰 충격을 받았다. 그리고 젠에게 정중한 사과를 요청했다. 그러나 젠은 진심으로 사과하기는커녕, 장난으로 한 건데, 하며 거만한 자세로 버틸 뿐이었다. 젠의 도덕성은 완전히 제로(zero)였다. 유튜브나 각종 미디어 속에서 폭력적인 영상과 음란물을 보면서 마비된 전두엽과 그의 양심이란 차갑게 굳어져 가 작동을 하지 못하는 것이다. 인간이 인간 되지 못하고 멸망할 짐승보다 못하다는 것은, 비탄할 일이다. 젠의 잔인한 행동에 유우토의 부모는 그의 퇴학과 야구 자격 박탈을 학교 측에 요구했다.

"너희들이 내가 누군 줄 알아? 우리 아들 건드리면 너희 아들도 가만두지 않겠어! 내가 50평대 집에 살면서 누구 앞에 빌어 보긴 처음이네!"

하고 젠의 아버지는 밤낮 가리지 않고 유우토의 부모에게 전화로

협박하기 시작했다.

"그 나이 때는 다 그럴 수 있는 거야!"

젠의 아버지는 사과 한마디 없이, 자기 아들의 죄를 무마하려고
만 했다.

"감독님. 저는 젠이 야구부를 그만두어야 한다고 생각합니다."

전지훈련을 모두 마치고 오사카로 돌아온 카이토는 감독실에 앉
아 있었다. 감독실 안에는 추운 겨울의 기류가 으스스하게 휘돌고
있었고, 전기 히터가 붉은빛을 발하며 작동하고 있었다.

"아니, 굳이 그럴 필요는 없다."
"감독님!"
"큰 문젯거리로 삼지 말자."
"젠을 저렇게 놔두면 더한 괴물이 될 수도 있습니다. 젠이 안 나
간다면, 저도 더 이상 여기 있지 않겠습니다."
"그래. 카이토. 네가 나가도 난 상관 안 할 테다."

팔짱을 낀 채 무정한 표정으로 보는 감독의 말은 겨울 공기보다
도 싸늘하게 느껴졌다. 카이토는 제일고의 에이스 투수로서 고시엔
결승전까지 이끈 인재였건만, 그간 자신이 믿고 따랐던 감독의 말

은 가히 충격적이었다. 내가 나가도…?

"후배 군기를 잡으려면 그럴 수도 있다, 카이토."

다시금 자신을 회유하는 듯한 감독의 말에, 카이토는 고개를 숙인 채 더 이상 아무 대답도 하지 않았다.

거짓의 편에 서고 싶지 않아. 카이토는 마음을 추스르듯이 속으로 읊조렸다. 이후 그가 알게 된 사실은, 제일고 야구부 감독이 사회적으로 지위가 높은 젠의 아버지와 친하다는 것이었다. 또 그가 제일고 야구부 감독이 될 수 있었던 이유도 바로 젠의 아버지의 든든한 지원과 추천 때문이었다.

"저, 전학 가고 싶어요."

어느 날, 그렇게 카이토는 부모님께 말씀을 드렸다.

"카이토? 갑자기 무슨 말이니?"
"일본인으로서 품격도 없는 녀석과 야구하기 싫어요. 아니, 그 이전에 인간으로서겠죠."
"이번 사건은 너도 많이 실망스러웠을 게다…."

하고 카이토의 부모는 이내 안쓰러운 표정을 지었다.

"소망고로 가고 싶어요."

   그의 진중한 목소리 뒤로, 창문 밖에서 왕왕, 동네 개들이 짖는 소리가 들려왔다. 건조한 겨울 달빛은 거실 창문에 환히 비치우고, 카이토의 둥근 이마에 잠시 머무르고 있었다.

"분명 소망고 야구부는 이곳과는 다를 거예요. 그곳에서 1년이라도 뛰어 보고 싶어요."
"소망고에서 말이니?"
"네. 프로가 안 된다고 하더라도, 좋아요."
"카이토…?"

   그렇게 카이토는 소망고등학교로 전학 준비를 하게 되었다. 전학을 가기 전에, 카이토는 치료를 받고 있는 유우토에게 부지런히 찾아가 말동무가 되어 주었다.

8장

바벨탑

1

망망한 바다처럼 푸르른 하늘. 그 가운데, 길고 가느다란 비행구름이 흰 끈처럼 늘어져 있었다. 바야흐로 새로이 다가온 4월이었건만, 겨울이 긴 하치노헤의 날씨는 여전히 서늘했다. 소금기를 머금은 바닷바람은 나뭇가지 사이로 밀려 들어오고, 아직 녹지 않은 눈들이 누런 풀밭에 듬성듬성 쌓여 있었다.

"나이스 볼!"

희끗희끗한 춘경 속에서 소망고 야구부의 훈련은 어김없이 시작되고 있었다. 그들은 2연패를 갈망하는 눈빛으로, 공을 던지고 받고, 배트를 휘두르고 있었다. 그들 중에 새로운 얼굴도 보였다. 오사카 제일고의 카이토였다. 그는 자신의 바람대로 소망고로 전학을 온 것이다.

"아우터!"

바깥쪽 코스를 외치는 포수의 말에 카이토가 던진 공은 정확한 라인을 뚫고 들어갔다. 카이토는 차가운 흙바닥을 지르밟으며, 포수에게서 새하얀 야구공을 되받았다.

역시나 하치노헤는 오사카보다 많이 춥구나. 아직은 날씨마저도 어색하지만. 그래도 여기가 좋다. 카이토는 새로 만난 포수와도 적응해야 했다. 그러나, 그마저도 설레기만 한 것. 카이토는 숨을 가다듬으며, 제구 훈련을 위해 다시 한번 공을 던졌다. 포수의 두툼한 미트에 푹, 하고 공이 날카롭게 박혔다.

"감독이 할 일은 너희들을 사랑하는 일뿐이다. 그리고 너희들의 할 일도 서로 사랑하는 것이다."[15]

하고 감독은 훈련을 마친 후 학생들을 찬찬히 둘러보며 말했다. 그에 학생들은 옙! 하고 우렁차게 대답한다. 그들의 훈훈한 열기가 아직 얼어붙은 봄의 심장을 녹이는 것 같다. 그들은 서로의 어깨와 팔도 주물러 주면서 사기를 북돋웠다. 이제 곧 여름 고시엔도 다가

....

15   팀 티보, 나단 휘태커 지음, 『거침없이 주를 향해』(2011), 시공사

오고 있었다. 긴장의 고삐를 더 이상 늦출 수 없었다.

"카이토 말이야. 역시 에이스답더라."

해산 후, 미나토가 아키라의 옆에 앉으며 숨을 돌렸다. 올해 4월, 그들은 3학년으로 진급했다.

"이제 카이토까지 합류하면서 최강이 된 것만 같은데. 2연패도 아마 가능하지 않을까."

하는 미나토의 말에 아키라는 그저 비식 웃어 보인다.

"그래, 그렇게 믿는다면, 이루어질지도 몰라."

사실 2연패를 자신 있게 확신하지는 못했다. 인간이란, 다가오는 미래의 한 치 앞도 내다볼 수 없는, 눈먼 양인 것을.

아키라는 후끈 달아올랐던 체온이 바람에 조금씩 식어져 가는 것을 느끼며, 훈련장 밖으로 하나둘씩 사라지는 부원들을 바라보았다. 아키라는 야구부 부주장으로서, 애틋한 책임감을 느끼고 있었다. 각자에게 주어진 고난이 있더라도, 야구공을 맘껏 던질 수 있다는 것. 두 발로 걷고 뛸 수 있다는 것. 이렇게 숨 쉬고 있다는 것. 함께 웃고 울며 지낼 수 있다는 것. 볼 수 없지만 불어오는 바람을 느낄 수 있고. 옆에 있는 친구의 목소리를 들을 수 있다는 것이, 감사하다.

"켄타도 잘 지내고 있겠지?"

하고 미나토가 모자를 벗으며 말했다.

"글쎄다, 잘 지내고 있으면 좋겠는데."

아키라는 두툼한 두 손으로 깍지를 낀다. 카이토가 소망고로 온 대신, 올해 2학년으로 진급한 켄타는 도쿄로 전학을 가 버렸다.

"그렇게 말려도 말을 듣지 않더니, 대체 뭘 원했던 걸까."

하고 모자에 묻은 흙먼지를 터는 미나토가 잔뜩 걱정하는 투로 얘기한다. 그러자 아키라는 켄타에 대해서 생각하는 듯 짙은 눈썹을 구푸렸다. 좀처럼 속을 알 수 없는 녀석이다, 켄타는.

2

"아주머니, 여기요."

잘그락거리는 동전을 건네는 켄타는 길거리의 작은 가게에서 야키토리(닭꼬치)를 사 먹고 있었다. 새로 얻은 중고 교복을 걸친 그는 수업을 마치고 하교하는 길이었다.

"안녕하세요."

갑자기 자신의 곁으로 낯선 한 남자가 다가와 뜬금없이 인사를 건넸다.

"아, 네, 안녕하세요."

켄타는 조금 당황한 듯이 시선을 돌려 그를 쳐다보았다. 눈동자가 모두 보이지 않는, 작은 눈을 가진 남성이 자신을 향해 웃고 있었다.

"저는 네피림 기획사에서 일하고 있는 쿠도라고 합니다."
"네피림 기획사요?"

쿠도라는 남자는 켄타에게 빳빳한 종이 한 장을 내밀었다. 명함에는 그의 이름이 선명하게 인쇄되어 있었다.

"이번에 저희 기획사에서 아이돌 그룹 오디션을 진행하고 있거든요."

라며 얘기하고 있는 그를, 켄타는 유심히 쳐다보았다. *대체 무슨*

얘기를 하는 거야? 라면서.

"오디션에 학생이 한번 참여해 보시면 어떨까 해서 말입니다."
"제가요?"

켄타는 확실히 놀란 말투였다. 그는 노릇하게 잘 익힌 야키토리를 든 채로, 의아한 표정을 지었다.

"노래든 춤이든, 잘 못 해도 괜찮으니 한번 지원해 보시면 좋겠습니다."

쿠도는 검은 머리칼을 깔끔하게 빗어 넘기고, 잘 다려 입은 양복 차림이었다. 도쿄에서 자주 마주칠 법한, 그런 문명인의 모습이었다.

"고민해 보신 뒤에 제게 전화 주시겠습니까. 아주 좋은 기회가 될 겁니다."

쿠도의 제안에 켄타는 네, 하고 엉성하게 대답하면서, 건네받은 명함을 쳐다보았다. *네퍼림 기획사라…*. 켄타는 가만히 생각하며 고기 한 점을 베어 물었다.

"얘야, 왔냐."

냉장고를 정리하고 있던 할머니가 켄타를 반갑게 맞아 주었다. 켄타도 밝게 웃으며 할머니에게 바짝 다가갔다.

"할머니! 저 길거리 캐스팅됐어요!"
"캐, 뭐어? 그게 뭐다냐?"
"잘 되면 방송에 나올 수도 있는 거예요."
"그랴, 야구는 이제 정말 그만뒀구?"
"네, 싫어요. 야구는 제 길이 아닌 것 같아요."

딸각, 할머니가 반찬 통을 여는 소리가 들린다.

"저 연예인이 되고 싶어요. 돈도 엄청 많이 벌겠죠? 헤헤."
"…켄타."

할머니는 김을 가위로 자르며, 분리된 조각을 통 안에 포개어 넣었다.

"부디 바르게만 자라다오. 그게 이 할미의 가장 큰 소원이란다."

그에 켄타는 입을 지그시 다문다. 그리고는 다시 엷은 미소를 보이며, *네, 알았어요,* 하고 대답했다. 가방을 둘러맨 채, 자신의 방으로 들어간 켄타는 곧장 편한 옷으로 갈아입었다. 그리고 벽에 걸린 유리 거울 속, 깨끗하게 비치는 자신의 얼굴을 바라보았다. 야구부를 나온 이후로 햇볕을 덜 쬐어 그런지, 얼굴색도 전보다 하얘진 것 같았다.

"모두 놀라겠지?"

휘황찬란한 조명들이 들어선 자줏빛 무대. 고대 피라미드가 꼭두각시의 무덤처럼 서 있고, 그 앞에 핏빛처럼 붉은 의상을 입고 선 자신의 모습이 순간 유리 거울에 비치는 것 같다. 그리고 그런 자신을 우상처럼 우러러볼 사람들의 표정을 그는 상상했다. 물론, 그 무리 속에는 자신과 함께 뛰었던 야구부원들의 얼굴도 있었다.

켄타, 제발 안 가면 안 되겠냐? 하치노헤를 떠나기 전에 자신을 붙잡았던 미나토의 슬픈 얼굴과,

켄타 군. 자신의 선택이라고 말할 수 있겠지만, 모든 선택에는 대가가 있다는 걸 잊지 말게. 야구부 감독님의 진중한 목소리가 갑작스레 떠올랐다. 켄타는 눈살을 찌푸리며, 이 모든 기억이 자신에겐 해만 된다는 듯이 고개를 절레절레 내젓는다. 그리고 그는 곧 교복 바지 주머니를 뒤적거리며 한 장의 명함을 찾아냈다.

"네피림 기획사라니."

네피림 기획사는 일본 연예계에서 아주 잘나가는 엔터테인먼트였다. 네피림 기획사에서 배출한 탑급 아이돌 가수들을 떠올리며

켄타는 갑자기 가슴이 쿵쾅 뛰는 것을 느꼈다. 역시 하치노헤를 떠나길 잘했어. 용암처럼 끓어오르는 욕망. 켄타는 거울 속의 자신을 바라보며 미묘한 웃음을 지었다.

"공상…. 내 마음의 탑. 나는 말없이 이 탑을 쌓고 있다. 명예와 허영의 천공에다."
"레아, 뭐해?"

불현듯 정적을 깨고, 큰 그림자가 레아의 얼굴에 드리웠다. 벤치위에 앉아 있던 레아는 읽고 있는 책의 페이지를 곧바로 보여 준다.

"아아, 시였구나."
"응, 윤동주 시인이 쓴 시야."
"윤동주 시인?"

하고 그는 레아의 옆에 조금 떨어져 앉는다.

"나도 한번 들어 보고 싶은걸."

아키라는 무릎에 팔을 받치고 턱을 괴었다. 레아는 다시 처음부터 시를 읽어 내려갔다.

"공상. 내 마음의 탑. 나는 말없이 이 탑을 쌓고 있다. 명예와 허영의 천공에다. 무너질 줄 모르고 한 층 두 층 높이 쌓는다. 무한한 나의 공상. 그것은 내 마음의 바다. 나는 두 팔을 펼쳐서 나의 바다에서 자유로이 헤엄친다…. 황금 지욕(知慾)의 수평선을 향하여."

한국어 읽기를 능숙하게 마친 레아의 고동색 머리칼이 바람결에 흩날렸다. 가불거리며 타는 촛불처럼, 잠깐의 침묵이 이들 사이를 밝혔다. 그리 길지 않은 시구를 곱씹어 보는 듯한 그의 그을린 눈꺼풀은 아래로 처진 채. 그는 턱을 괸 손가락 위로 보이는 두툼한 입술을 열었다.

"바벨탑…. 바벨탑이 생각나네."

바벨탑이란 BC 2천 년, 인간들이 하나님을 대적하기 위해 하늘까지 높이 쌓았던 건축물이다. 그들 자신의 볼품도 없는 이름을 내보려고 높이 쌓았지만, 그것은 즉시로 잿더미처럼 무너져 버리고 말았다. 그러나 이제는 눈에 보이지 않아도, 타락한 인간들의 마음속에는 적어도 하나씩 존재하고 있는 탑이다.

"황금 지욕이라. 어려운 단어 같지만, 의미는 와닿아. 물질만능주의라고 해야 하나. 인간성은 사라지고, 돈과 지식, 과학이 전부가 되어 버린 이 시대와 다름없어."
"그래. 곧 무너져 버릴 황금 제국 속에서 말이야. 사람들은 욕망의 노예가 되어 버린 것 같아."

음영이 진, 그들의 고개는 서로 끄덕인다. 벤치 뒤에 선 나무의 그림자가 그들의 형상 위로 깨어지고 흔들리고 있었다.

곧, 학생들의 작은 무리가 길을 지나가는 소리가 들려왔다. 정오가 지난 오후, 교정에는 도시락 먹기를 마친 학생들이 자유롭게 움직이고 있었다.

"어라? 에이타!"

갑자기 레아는 두 눈을 살짝 크게 뜨더니, 손을 높이 들어 흔들었다. 그녀가 바라보는 쪽으로 마른 체격의 한 남학생이 친구와 함께 지나가고 있었다.

"에이타? 너 에이타를 알아?"

하고 아키라는 레아에게 물으며, 자신도 에이타를 향해 손을 살짝 흔들었다.

"같은 미술부거든."
"아아."

그는 알았다는 듯이 엷은 미소를 지었다.

"그러고 보니…."

하고 레아는 시집을 덮으며 말한다.

"고시엔 준비는 잘 되어 가, 아키라?"

아키라는 곧,

"그럼. 모두 열심히 연습하고 있어."

레아를 바라보았다. 그 향하는 얼굴에 비껴드는 한낮의 햇살이 금빛으로 반짝인다. 그 온기에 젖어 흐르는, 길바닥의 새하얀 눈과 함께, 천상의 평온이 찾아들고 있었다.

가자, 고시엔! 올해도 전국제패! 야구부 라커룸의 게시판에 붙어 있는 글을 아키라는 매일 읽으면서, 우승을 위해 기도하고 또 기도했다. 그리고 그렇게 바라는 만큼, 아키라는 게으르거나 방심해서는 안 된다고 생각했다. 보통 야구부 학생들이 연습하는 것보다는 몇 배는 더 노력해야 한다고 생각했다. 투수인 스카이와 카이토도 마찬가지였다. 그들은 공의 회전수를 높이기 위해 매일 운동장 철봉을 붙들었고 팔굽혀펴기 연습을 했다. 세 손가락으로 말이다. 악력과 공의 회전은 비례하기 때문에 그들은 악력 훈련에 집중했다. 그렇게 소망고 야구부는 고시엔을 준비하며, 매일 체력이 완전히 바

닥날 때까지 맹훈련을 했다.

"아키라, 기대하고 있어."
"고마워, 힘이 된다. 하지만 너무 기대하진 마…. 아무리 노력한다고 해도, 승패는 우리에게 달린 게 아니니까."

아키라의 무게 있는 대답에 레아는 시집 위에 올려 둔 두 손을 포개어 잡았다. 마치 기도하는 듯이. 레아의 갈색 눈동자는 아키라를 향하여,

"아키라. 너한테는 배울 점이 많아. 넌 다른 친구들과는 달라."

그렇게 솔직한 감상을 나누고 있었다.

"고마워. 나도 네게 배울 점이 있는데…."

하고 아키라가 입을 떼던 바로 그때,

"아키라!"

누군가가 그를 크게 부르는 소리가 들렸다. 둘은 동시에 고개를 돌아본다. 잘 다린 교복 차림의 카이토가 웃으며 손을 흔들고 있었다. 한 손에는 악력기를 붙든 채로.

9장

누가 책임을
질 것인가

한 건물의 복도 안. 빡빡머리를 한 남학생이 편안한 보폭으로 걸어가고 있었다. 반소매의 여름 교복을 입은 그의 목 뒤로는 잔잔한 이슬 같은 땀이 맺혀 있다. 그는 어느 문 앞에 멈춰 서서, 똑똑, 노크를 한다. 곧 그는 조심스레 문을 열고 안으로 들어갔다.

"그래, 테츠야. 잠시만 기다려 줘."

야구부 코치는 데스크 앞에 앉아 어느 한 청년과 얘기하고 있었고, 그의 옆에는 낡은 선풍기가 놓여 있었다. 반쯤 열린 창문 안으로는 선선한 바람이 불어 들고 있었다. 테츠야는 그들의 대화가 끝나기를 기다리며, 코치실 벽면에 걸린 사진을 쳐다보았다.

"타마가와 아키라…."

테츠야는 낮은 목소리로 중얼거렸다. 그가 쳐다보고 있는 사진은, 홋카이도 구단의 프로 야구 선수복을 입고 있는 아키라의 포스터였다. 건강하게 그을린 얼굴에, 한쪽 입가가 올라간 특유의 미소는 여유로워 보였다.

고시엔 2연패를 달성한 선배님들의 정신을 본받아…! 테츠야는 결연한 표정을 지으면서, 포스터에서 두 눈을 떼지 않았다.

"아아, 테츠야. 아키라는 이제 미국 진출을 준비하고 있단다."

하고 토마 코치는 포스터를 보고 있는 테츠야에게 말했다.

"저, 정말입니까?"

테츠야는 작은 눈을 동그랗게 뜨며 반응했다. 그에 토마 코치는 묵묵히 고개를 끄덕거린다.

"역시 아키라 선배님은 대단하시군요!"

테츠야, 그 자신도 프로 야구 진출을 꿈꾸며 언젠가는 아키라와 한 그라운드를 뛰기를 소원해 왔다. 선배님이 입단한 지 이제 3년

째. 곧 미국 진출이라니. 역시 노력하는 천재는 다르다. 테츠야는 나태하지 말아야겠다고 다짐한다.

"우리 야구부가 2연패 뒤로 부진한 성적을 면치 못했지만. 꿈은 아직 이루어지지 않았기에 바랄 수 있는 것이지. 올해도 꿈을 갖고 열심히 해 보자!"

격려하는 토마 코치의 말 뒤로, 테츠야는 아키라와 같이 미소를 지어 보았다.

"맞습니다. 이미 보이는 소망은 소망이 아닐지도 모르죠."

하고 의자에 앉아 있던 준이 담담하게 말을 덧붙였다.

"이쪽은 다이치 준이라고 한다. 아키라보다 1년 선배지."
"와, 고시엔 우승 멤버이시군요! 정말 반갑습니다, 선배님."

테츠야가 꾸벅 인사를 하자, 준도 웃으면서 반갑게 인사했다. 야구 모자를 쓰고 있는 준은 편안한 티셔츠와 청바지 차림이었다. 도쿄에서 프로 야구 선수 생활을 하고 있는 중에, 잠깐 하치노헤로 놀러 온 것이다.

곧 저녁이 되어, 준은 토마 코치와 함께 식사를 하기 위해 번화가에 나갔다. 하치노헤시는 계절상 여름인데도 여전히 봄 날씨 같았다. 오랜만에 찾은 번화가의 풍경도 변한 것은 없었다. 대형 크리스마스트리의 철골도 그대로 비치되어 있었고, 인공 하천도 유유히 흐르고 있었다. 그리고 샤베의 뒷모습도, 그대로였다.

"샤베?"

두 눈이 동그래진 준은 토마 코치에게 잠시만 기다려 달라고 부탁하고 나서, 샤베의 뒤를 급히 쫓아갔다.

"샤베!"

하고 외치자, 돌아보는 여학생. 다른 사람이 아니라, 정말 샤베였다. 그러나 샤베의 분위기는 사뭇 달라져 있었다.

"오랜만이네, 잘 지냈어?"

하고 준은 야구 모자를 슬쩍 고쳐 쓰며, 밝은 표정으로 물었다. 뜻밖의 상황에 샤베는 놀란 표정을 짓더니, 조금 머뭇거린다. 그리고는,

"잘…, 잘 지냈어요."

이 한마디만을 던지고는, 마른 고개를 휙 돌려 걸어간다.

"샤베? 샤베!"

준은 외쳐보지만, 샤베는 뒤돌아보지 않았다. 준은 더 이상 그녀를 붙잡지 못한 채, 우두커니 서 있었다. 그녀를 붙잡을 자신감이 없었다. 그렇게, 낯선 사람들 사이로 사라지는 그녀의 뒷모습을 바라보고만 있는 준은 생각에 잠겼다. 무슨 일이 있는 것일까…? 오랜만에 만난 샤베. 그녀의 예쁜 얼굴에 어둠이 가득 드리우니, 빛을 잃은 것 같이 전혀 아름다워 보이지 않았다.

"준 오빠를 여기서 마주치다니."

하고 중얼거리며 길 위에서 조금 빠르게 걷고 있는 샤베는 갑자기 눈물이 와락 쏟아져 나올 것 같았다. 그녀가 겪었던 지난 일들이 머릿속으로 점점 선명하게 떠올랐다.

지금으로부터 2년 전의 일이다.

"저기 오빠, 임신이래."
"그래?"

샤베의 말에 남자친구였던 마사타케는 싸늘한 표정으로 반응했다. 그리고 그 무정한 태도는 샤베에게 깊은 상처를 주었다. 샤베는 고통스러움을 느꼈다. 그리고 불안에 떨었다. 부모님과 주위 사람들이 임신 사실을 알게 될 것이 두려웠다.

"잘 모르겠어. 병원에 알아봐야 할까?"

샤베의 가녀린 목소리에 마사타케는 눈살을 찌푸리며 한숨만 푹 쉬었다. 그는 고등학교 졸업 후 도쿄 근처의 명문대로 진학했고, 유도부로 계속 활약하고 있었다. 그리고 그는 샤베와의 교제를 계속 이어 나가던 중 그녀에게 육체적인 관계를 요구했던 것이었다. 샤베가 몇 번이고 거부하자, 마사타케는 자신을 진정으로 사랑하지 않는다며, 어차피 우린 사랑하는 사이이니 무엇이 문제냐며 설득했다. 샤베는 결국 못 이겨서 마사타케와 잠자리를 가지고 말았다. 그리고 그 후에는 그에게 더욱 매달리게 되었다.[16]

"샤베. 몸은 괜찮냐? 도움이 필요하면 언제든지 말해."

샤베가 임신 사실을 고백한 날 밤, 마사타케는 이 문자 한 통을 보내고 더 이상 연락을 하지 않았다. 샤베가 연락하면, 유도부 연습하느라 바쁘다고 핑계 대기 일쑤였다. 책임 회피란 너무나도 쉽게 이루어졌다. 사실 임신의 책임은 둘에게 모두 있었지만, 마사타케는

....
16   『성 사랑 가정 2』(2019), 한국성과학연구협회, 민성길

그 책임을 지지 않으려 했다. 책임이란 어떤 속박도 감수하는 것이기 때문이다. 그러나 마사타케는 그 속박이 너무나도 싫었다. 샤베도 끝내 낙태를 결심했다. 이 일의 모든 책임을 아무것도 모르는 태아에게 떠맡기기로 했다. 태아가 죽는 것으로. 결심한 다음 날 샤베는 한 병원에 찾아가 낙태 수술을 예약했다. 찾아간 병원에서는 그녀를 이름이 아닌, 번호로 불렀다.

"6번 환자분. 이제 준비하세요."

딱딱하고 차가운 분위기의 간호사의 지시를 들으며, 샤베는 두 눈을 질끈 감았다. 진실을 부인하기 위한 마인드 컨트롤이 시작되었다. *내 배 속에 있는 건 아기가 아니야. 의사가 그저 세포 덩어리라고 했어. 세포 덩어리라고!*

곧, 수술실로 들어가는 샤베의 낙태 수술은 결코 오래 걸리지 않았다. 배고픈 식사를 해치우듯이 빠르게 마쳤다. 수술실에 들어간 간호사들은 태아의 시체가 담긴, 시뻘건 유리병을 품에 끼고서 수술실을 빠져나와 폐기물실로 향했다. 철문이 끼익거리는 소리가 나고, 음산한 분위기의 폐기물실에서 그들은 밀가루 체 같은 기구에 유리병 안에 있는 것들을 모두 쏟아 냈다. 한 간호사가 전등의 전원을 켜자, 그들은 밝은 조명 아래서 시체 조각들이 다 나왔는지 확인하기 시작했다.

"어라? 팔다리가 왜 3개나 있지?"

"쌍둥이예요, 쌍둥이."

"에? 엄마에게 쌍둥이라고 말했어요?"

"아니요, 그러면 기분만 상하죠."

간호사들은 기계적인 표정으로 조각을 모두 확인한 후, 폐수구에 내용물을 버렸다. 화장실 변기 물을 내리는 것처럼 빨간 버튼을 누르자, 폐수구 안으로 시체 조각들이 빨려 들어가 사라져 버린다. 이렇게 처참하게 살해된, 이름 없는 아기들이 하수구에 막무가내로 버려지고 있었다. 파리 목숨 취급도 못 받으며…. 간호사들은 아무 일도 없었다는 듯이, 무미건조한 표정으로 유리병을 깨끗이 씻어 내었다. 그 유리병을 다시 쓰기 위해서다.

곧, 녹슨 철문이 다시 끼익거리는, 불편한 마찰음이 들려왔다. 폐기물실로 다른 사람이 들어온 것이다. 그는 낙태 수술을 진행한 의사였다. 그는 한 손엔 낙태에 사용했던 더러운 기구를 들고, 또 한 손에는 크고 높은 병을 들고 있었다. 그것 역시 태아의 시체가 담긴 병이었다. 그 의사 또한, 밀가루 체 위에서 내용물을 손으로 직접 뒤져 가며 시체 조각들이 모두 있는지 확인하기 시작했다. 그리고 이제는 밝기도 하고 섬뜩하기도 한 말투로,

"얘야, 네 팔이 어디 있을까? 내가 팔을 빼먹었니?"[17]

시체에게 말까지 걸었다. 분명히 그 자신은 수많은 사람에게 태아는 그저 세포 덩어리일 뿐이라고 말해 왔건만, 그 말이 거짓임을 스스로 증명하고 있었다. 그는 사람의 신체 명칭을 분명하게 부르고 있었다.

"오, 여기 있네! 머리는 찾았고…. 이것 봐, 아주 작은 혈관도 보이잖아."

의사는 그것들을 다시 조립했다. 그는 대단히 흥미로운 표정을 짓고 있었는데, 이 시간을 오히려 즐기고 있는 것 같았다. 그는 확인을 마친 아기의 시체를 버리지 않고, 그대로 비닐 안에 담아 빨간 끈으로 묶어 냉동실에 던져 넣었다. 아기 시체들을 비싼 값에 팔기 위해서다.

"이번엔 람보르기니 차 한 대를 갖고 싶군."

하고 의사는 피 묻은 장갑을 씻어 내면서 잘 들리지 않게 혼자 중얼거렸다. 그의 장갑 밑으로 흐르는 투명한 물이 붉게 변해 배수구로 질척하게 흘렀다.

....

17   유튜브: 포리베 (For Little Baby) – 낙태산업 '가족계획협회' 근무자들의 폭로

한편, 수술을 마친 샤베는 정신을 차리려고 애쓰고 있었다. 밑이, 배 속이, 온몸이 뻐근하고 아프기 시작했다. *아, 정말… 가슴이 찢어지는 어려운 결정이었어.*[18] 눈물 맺힌 눈가를 닦는 그녀는 낙태하기를 쉽게 결정했지만, 자신의 행동을 합리화하기 위해 스스로 착한 척 변명을 했다. 그리고 데스크에서 얼른 처방전을 받아 가면서, 산부인과를 재빨리 나가려고 했다. 바로 그때,

"쟤는 레아 아냐?"

샤베는 대기석에 혼자 앉아 있는 레아를 발견했다. 샤베는 검은색 선글라스 너머로 그녀의 얼굴을 계속 살펴보았다. 레아의 표정은 그다지 좋아 보이지 않았다. *쟤가 여기엔 웬일이지?* 샤베는 궁금해 하면서 출입문 쪽으로 걸어갔다. 그리고 그때까지도 샤베는 알지 못했다. 뼈저린 고통과 심한 우울증이 찾아올 것을 말이다. 낙태는 더욱 심각한 트라우마를 주었다. 그리고 후에 알게 된 사실은 이제는 더 이상 임신할 수 없다는 것. 불임 소식은 그녀를 너무나도 좌절케 했다.

이렇게 낙태의 후유증과 부작용은 사실 끔찍했다. 어떤 여성들은 낙태 중에 자궁이 뚫리고 장이 천공되기도 했다. 수술 도구로 자궁뿐만 아니라 장기까지 긁어내 져서, 자궁을 들어내고 인공항문

....

18   유튜브: 포리베 (For Little Baby) - [낙태토론 벤 샤피로]

을 다는 장애를 안게 된 경우도 있고, 종종 사망까지 이르는 경우도 많았다. 낙태는 눈으로 보지 않고 감각으로 진행되기 때문에 여성에게 심각한 위험이 따르는 것이다. 더욱이 낙태는 착상이 되지 않는 불임을 유발한다. 습관성 유산과 자궁 외 임신까지 유발한다. 그만큼 낙태는 '불임의 가장 큰 원인'이다. 또한 정신적인 트라우마와 후유증에도 걸리는데, 낙태 경험자는 일반인에 비해 자살 충동이 4배에서 7배까지 높다는 결과가 있다. 낙태는 결코 여성을 위한 것이 아니다.

더욱이 모두를 위한 것도 아니다. 약물 낙태가 허용될 경우, 모두는 안전한 식수를 보장받을 수 없다. 낙태 산업 싱크탱크인 Guttmacher Institute에 따르면, 미국의 시스템에서는 화학 낙태약 판매팀의 조치로 인해 전체 낙태 중 최소 54%가 낙태 업체 외부에서 발생하여 오염된 인간의 유해, 조직 및 혈액이 폐수로 유입되고 있다. 화학 낙태약을 사용하면, 화장실 변기 속으로 오염된 혈액과 함께 태아의 잔해가 버려진다. 하수도로 흘러간 이것들은 결국 모두가 마시는 수돗물로 공급되는 것이다.[19]

....

19   포리베(instagram: folibe_for_little_baby)

10장

구원이
필요해

"늦어도 다음 주부터는 국제 야구 대회 준비 훈련에 들어가야 합니다. 그렇죠, 한국팀과 붙는 건 물론 피할 수 없는 일입니다."

금년 봄에 열리게 될 국제 야구 대회의 일본팀 감독이 상당히 몰입된 얼굴로 얘기하고 있었다. 중년으로 보이는 그는 국제 야구 대회 관계자와 의논을 하면서 볼펜 끝에 붙은 버튼을 또각또각, 누르고 또 눌렀다.

"국민들은 한국팀만은 반드시 이기길 바라고 있습니다. 물론, 일본 선수들도 그러길 원하고 있고요."
"감독님. 야마토 선수는 한국에게는 절대 지지 않을 거라고 이를 갈더군요. 20년 동안이나 일본을 못 이기게 해 주겠다고 말입니다."

"허허, 야마토 선수는 이번 일본팀 주장이죠. 확실히 야마토는 뭔가 달라요."

그에 관계자는 동감하는 듯 작게 웃었다.

"투수는 하야테 선수와 이츠키 선수로. 그들도 참여하겠다는 의사를 밝혔습니다."

하고 감독은 말을 계속 이어갔다.

"그리고 일본팀의 4번 타자는 무조건 아키라 선수로 밀어붙이고 싶은 생각입니다."
"국민 4번 타자죠. 열성 팬들도 많고…. 물론 재일 한국인이라 싫어하는 사람들도 꽤나 있지만요."
"예, 아키라 선수는 보석 같은 선수예요. 그런데…."
"그런데…?"

하고 관계자가 눈짓을 하며 의중을 물으니, 감독은 고개를 아래로 떨구며 고민하는 표정을 지었다.

"몇 번이나 콜을 했는데도, 지금껏 계속 거절하고 있으니, 괴롭습니다."
"아무래도 일본 대표로 한국과 붙는 것이 상당히 껄끄러운가 보군요."

관계자의 분석적인 대답에 감독은 동의하는 듯 아무 말 없이 고개만 끄덕거렸다. 고심하는 듯 잠시 대화가 멈춘 그들의 사무실 창밖으로는 도쿄의 수많은 고층 건물들이 보였다. 그리고 그 사이로 새빨간 노을이 물 먹은 물감처럼 흘러내리고 있었다.

다음 날, 각종 조간신문이나 스포츠 신문에는 새로운 기사가 났다. 모두 아키라를 비난하는 기사였다. *타마가와 아키라, 그는 야구계의 스파이인가? WBC 대회 출전 거절! 일본의 수치!* 이와 같은 신문 기사들은 우연치 않게도 아키라의 두 눈앞에 들어왔다. 그는 일본의 북단에 있는, 눈의 도시 삿포로에서 개인 훈련 중이었다. 삿포로는 그가 속한 홋카이도 구단의 연고지였다. 점심 식사를 마치고 숙소에서 신문을 들고 읽고 있는 아키라는 한결 성숙해진 분위기였다. 고교 시절 때보다도 키가 컸고, 짙은 눈썹을 덮을 정도로 머리칼이 자라 있었다.

이런 소리보다도 내 인생은 더 의미 있다고 믿는다. 아키라는 담담한 표정으로 곧 신문을 접었다. 곧, 휴대폰으로 메일 도착 알림이 떴다. 아키라는 버튼을 눌러 열어 보았다. 카이토가 보낸 메일이었다. 오늘 자 신문을 봤냐는 등 안부를 묻는 내용이었다. 사실, 둘은 프로 야구 선수가 된 이후로 한 그라운드에서 만날 수 없었다. 카이토는 센트럴 리그, 아키라는 퍼시픽 리그, 이렇게 서로 다른 리그에서 뛰기 때문이었다. 아키라는 입고 있는, 두꺼운 트레이닝복의 소매를 문득 매만졌다. 창문 밖으로는 새하얀 북국의 눈이 내리고 있었다. 자신이 오랫동안 지냈던 하치노헤보다 추운 이 도시의 색깔은 온통 하얀색이었다. 아키라의 머릿속에 문득, 누군가의 목소리가 떠올랐다. 시구를 읊고 있는, 가느다란 목소리였다.

지난밤에
눈이 소오복히 왔네
지붕이랑
길이랑 밭이랑
추워한다고
덮어주는 이불인가 봐
그러기에
추운 겨울에만 내리지

윤동주 시인이 쓴 시를 읊고 있는 레아의 목소리였다. 윤동주 시 암송대회에서 꼭 1등을 하고 졸업하고 싶다며 열심히 낭송 연습을 하던 레아. 그때 그 시를 들은 아키라는,

"음, 시가 참 순수하다."

그렇게 안정적으로 웃어 보였다. 그러자 눈송이가 내려앉은 고동색 머리칼을 털며 같이 웃던 레아. 그녀의 얼굴에 찍힌 화상 자욱은

흩날리는 눈발 사이로 하얗게 엉겨 붙은 것만 같았다.

　그러고 보니 레아가 좋아하는 미우라 아야코 작가의 고향이 아사히가와였다. 아사히가와는 삿포로에서 멀지 않았다. *레아는 잘 지내고 있을까.* 아키라는 생각했다. 자신의 두 눈으로 보았던 레아의 마지막 모습은, 고등학교 졸업식 때였다. 아키라는 홋카이도 구단에 입단한 후로, 도쿄 근처 지바현의 훈련장으로 건너가 기숙사 생활을 했고, 각고의 노력을 했다. 그리고 그 해, 프로 야구 신인상까지 받게 되는 영예를 안았다. 기쁨도 잠시, 레아에 대하여 뜻밖의 소식을 듣게 된 것은 바로 그때. 2년 전의 일이었다. 그것은 결코 달갑지 않은 이야기였다. 대학 생활을 하고 있던 레아가 어느 날 괴한에게 강간을 당하고 말았다는, 듣자마자 비통함이 터지는 소식이었다. 그 뒤로 레아와 레아의 가족은 다른 도시로 이사를 갔다는데, 그녀와의 연락은 뚝 끊겨 버렸다. 아키라는 그저 묵묵히 그녀를 위해 기도할 뿐, 다른 방법은 없었다. *부디 레아가 잘 지내면 좋을 텐데.* 아키라는 한없이 떨어지는 눈발을 보며 몸을 일으켜 훈련장으로 향했다.

　오후 5시가 아직 멀었는데도, 삿포로는 금방 해가 지고 캄캄해졌다. 새하얀 눈이 내리는 삿포로 번화가에서 조금 떨어진 곳에는 삿포로 돔(야구팀, 축구팀 경기장)이 있었다. 그곳은 지하철로 연결되기도 하는데, 지하철역에는 홋카이도 구단의 포스터로 도배되어 있었다. 등 번호 12번을 달고 있는 아키라의 포스터도 있었다. 젊은 신인이며, 강타자인 아키라의 인기는 추운 겨울에도 식을 줄 몰랐다. 홋카이도 구단의 기념품 가게에도 한국인을 포함해 많은 손님이 드나들었다. 지하철역에 설치된 대형 전광판에는 야구팀, 축구팀의 영상이나 각종 광고 등이 매일 상영되었다.

그리고 이따금씩은, 혼잡하고 시끄러운 기계음의 가요가 흘러나오기도 했다. 오늘은 대형 전광판에서 네피림 기획사에서 배출한 아이돌 그룹 '카오스'가 춤을 추며 노래를 부르는 영상이 나오고 있었다. 카오스 멤버 중에는 켄타의 얼굴도 보였다. 켄타는 자신의 본명이 아닌, 케이(Kay)라는 이름으로 데뷔했다. 영상 속의 그는 자신감에 넘치는 표정으로 노래를 하고 있었다. 갈색이었던 머리칼은 새하얗게 탈색했고, 원래의 얼굴을 잘 알 수 없는, 짙은 화장에 붉은 옷을 입고 있었다. 카오스 멤버가 춤추고 있는, 흑백의 바둑판 무대 뒤쪽에는, 무덤 같은 피라미드와 혐오스러운 뱀 형상이 설치되어 있었다.

"수고했어."

노래가 끝나고, 켄타 옆에 서 있던 한 동료가 그를 갑자기 꽉 끌어안았다.

"팬서비스야, 팬서비스. 잊지 말아야지."

하고 그가 켄타의 귀에 조용히 속삭였다. 그리고는 환호하는 팬들을 향해 손을 흔들었다. 켄타도 웃으며 팬들에게 손을 흔들었지만, 마음은 불편해 오고 있었다. 켄타는 돈과 인기를 위해서라면, 무엇이든 하겠다고 다짐해 왔지만, 도무지 이런 것에는 적응이 되지 않았다. 동성 멤버들 간의 찐한 스킨십 말이다. 그것은 오로지 팬들을 끌어모으기 위한 수단이었다.

"케이. 왜 적극적이지를 않아. 멤버들에게 스킨십도 더 하고, 더 챙겨 주는 모습을 보여라. 그래야 팬들이 많이 따르지."

기획사 매니저는 켄타에게 동성 간 스킨십을 적극적으로 하라고 부추겼다. 비정상적인 요구였지만, 그 요구를 따라야만 했다. 켄타는 그런 것에 환장하고 열광하는 팬들을 이해할 수 없었다.

"네, 노력해 볼게요."

켄타는 지친 목소리를 애써 숨기며 밝게 웃었다. 그날 밤, 켄타는 힘이 쭉 빠진 몸으로 집에 들어가 거울을 쳐다보았다. 창백하게 질린 얼굴이 보였다. 검은색 마스카라는 눈 밑으로 시커멓게 번져 있었다. 켄타는 화장실에서 짙은 화장을 깨끗하게 지우고 나서야 잠에 들었다.

다음 날은 팬 사인회가 있었다. 이른 아침부터 바쁜 일정이 시작되었다. 한 대형 서점에서 열린 팬 사인회는 카오스의 인기를 실감케 하는 듯 인산인해를 이루었다. 어떤 극성 팬들은 멤버들의 사인을 받기 위해 새벽부터 나와서 기다렸다. 켄타는 사인회 현장에 도착하기 전까지 'Kay'라는 영문자를 멋지게 휘갈겨 쓰는 연습을 계속했다. 곧 정시가 되고 서점 문이 열리자, 팬들의 높은 함성이 울려퍼지고 사인회는 시작되었다. 켄타는 팬들에게 사인을 하고 난 후, 친절하게 인사하는 것을 잊지 않았다.

"안녕하세요. 반가워요, 이름이 어떻게 되시나요?"

하고 켄타는 부드럽게 얘기했다. 그리고 곧 그의 손에 쥐어지는 것은 다름 아닌 야구공이었다.

에? 웬 야구공? 놀란 켄타는 두 눈을 끔뻑였다.

"고칸 미나토입니다."

미나토. 그 이름이 들리는 순간, 켄타는 앞에 선 청년의 얼굴을 똑바로 쳐다보았다. 점점 분명해지는 시야로 미나토가 웃으며 서 있었다.

"인마, 벌써 형도 못 알아보는 거야? 섭섭하네."
"형이 왜…"

"이제 이런 거 그만했으면 좋겠다. 내가 왜 이런 말 하는지는 모르겠지만, 이제 그만해."

"자, 얼른 받고 가시죠. 기다리는 팬들이 많습니다."

하고 갑자기 경호원이 끼어들며 미나토의 팔을 잡아당겼다. 미나토는 곧바로, 죄송합니다, 라고 꾸벅 인사하더니, 야구공을 들고 수많은 인파 속으로 재빨리 사라졌다. 그 순간 켄타는 마음이 급격하게 흔들리는 것을 느꼈다. 3년 만에 만난 미나토와 그의 목소리. 기묘하게도 다른 존재가 말하는 것 같은 기분이 들어 꿈인가 생시인가 싶었다. 미나토의 얼굴은 마치 갑작스럽게 방문한 천사의 얼굴 같았다. 미나토 형…. 켄타는 그가 떠난 여운을 느끼며 속으로 이름을 되뇌었다.

약 두 시간의 사인회가 끝난 후 카오스는 포토 타임을 가졌다. 여느 때와 같이 카오스 멤버들은, 팬서비스라는 명목으로 서로 간에 스킨십을 빠트리지 않았다. 사진을 찍는데, 켄타의 옆으로 한 동료가 다가와서 얼굴을 가까이 대었다. 순간 켄타는 속에서 화가 나는 걸 느꼈다. 그는 저도 모르게 어금니를 세게 물었다. 왜 이렇게까지 해야 하는 거지. 돈이 뭐길래. 인기가 뭐길래. 켄타는 다시 정신을 가다듬으며 방송용 미소를 활짝 지었다. 수많은 카메라의 플래시가 폭죽처럼 펑펑 터졌다.

"야, 케이? 너 불만 있으면 나한테 말로 해라?"

모든 일정이 마친 후, 대기실 안에 있던,

"갑자기 무슨 말을 하는 거야?"

켄타는 웬 시비가 또 들어오나 싶어, 그를 힐끗 쳐다보았다. 짧게 깎은 머리를 파란색으로 염색한 그는 포토 타임 때 켄타의 옆으로 바짝 다가와 사진을 찍었던 동갑내기 멤버였다.

"나는 뭐 네가 좋아서 그렇게까지 한 줄 아냐?"
"야, 네가 나 좋아서 하면 더 안 되지?"
"멍청한 놈! 쓰레기 같은 놈! 이 자식아, 네가 협조 안 해서 팀 인기 떨어지면 어떡할래?"

누가 더 쓰레기인데. 켄타는 아무 대답도 하지 않은 채 동료의 눈을 노려보았다. *이제 그만해….* 그런데 갑자기 오늘 사인회에서 보았던 미나토의 말이 갑자기 떠올랐다. *그래, 이제 그만하자.* 켄타는 그렇게 생각했다.

"네, 인기가 떨어질까 봐 너무 많이 걱정되시겠죠. 저는 그만두겠습니다. 어차피 계약일도 얼마 안 남았고요. 재계약할 생각도 없고, 이번이 끝입니다."

켄타는 모두에게 선전포고를 하듯 얘기하고는, 검은색 백팩을 둘러메었다. 그리고는 대기실 문을 열고 밖으로 나갔다. 이제는 헛된 것을 위해 살지 않을 거야. 하고 켄타는 차가운 복도를 걸어나갔다. 건물 밖으로 나오니, 도쿄의 높은 빌딩들이 성냥갑처럼 빼곡히 들어차 있었다. 문명의 어두운 그림자가 켄타의 발자국에 드리운다. 하늘에는 바람에 불려 가는 물 없는 구름. 죽고 또 죽어 뿌리까지 뽑힌 열매 없는 나무들이 길가에 쓰러져 있었다.[20] 다시는 돌아가지 말자. 켄타는 벙거지 모자를 푹 눌러쓰며, 챙 아래로 분칠을 한, 창백한 얼굴을 숨겼다.

그리고 그날 밤. 그에게 비보가 도착했다. 고급 승합차를 타고 귀가하던 카오스 멤버들이 교통사고를 당해 다쳤다는 것이다. 혼자 귀가한 켄타만 빼고 말이다. 그 소식을 들은 켄타는 놀란 가슴을 부여잡은 채, 천사가 자신을 구한 것은 아닐지 곰곰이 생각했다.

....
20   (유1:12)

11장

우리가 외면했던
또 하나의 진실

"여러분, 안녕하십니까? 메이저리그 아메리칸리그, '시카고 화이트삭스'와 '오하이오 클리블랜드 인디언즈'의 1차전 경기 소개해 드리겠습니다."

각양의 응원복을 입은 관중들이 하나같이 기대하는 표정으로 그라운드를 지켜보고 있었다. 파아란 하늘에 구름 몇 조각이 떠다니는 4월. 화창한 봄날의 색채가 눈부신 햇빛과 잘 어우러져 있었다. 다들 야구 경기를 보기에 딱 좋은 날씨라고 여겼을 것이다.

"네, 일단 여담입니다만, '오하이오 클리블랜드 인디언즈'는 구단 이름을 그대로 사용하기로 했다죠? '인디언즈'라는 구단 이름 때문에 PC주의자[21]들에게 무차별 공격을 받은 바 있습니다. 그러나 '인디언즈'란 이름은 결코 인종 차별도, 비하의 뜻이 아니라며 단장은 그대로 이름을 쓰겠다는 입장을 굳혔는데요."

"네. '워싱턴 레드 스킨즈'도 레드 스킨을 문제 삼는 PC주의자들 때문에 구단 이름을 내렸고, 아직 적당한 이름이 없는 채로 활동하고 있죠. 반면, 구단 이름을 그대로 사용하겠다는 오하이오 구단의 결정이 참 멋진 것 같습니다. 오늘의 경기에서도 강팀인 시카고에 맞서서 어떤 승부를 펼칠지 기대가 됩니다."

"네, 지금 선발 투수로 조셉 크로스비가 나왔네요. 이 선수는 오하이오 구단이 내세울 수 있는 최고의 마운드카드입니다."

미국 오하이오 태생의 조셉 크로스비는 새로 영입된 젊은 투수였다. 그는 뛰어난 투구 실력으로 메이저리그에서 떠오르는 샛별로 언급되고 있었다. 조셉은 그의 실력으로 갈 수 있는 좋은 구단들이 있었지만, 인기가 그리 많지 않은 오하이오 구단을 선택한 것은 자신이 태어난 곳이기 때문이었다.

·····················

21   PC주의(Political Correctness: 정치적 올바름 혹은 정치적 교정주의)란 성별, 젠더, 종교, 장애, 민족, 인종, 성적지향, 문화 등 공유되는 집단 정체성을 기반으로 배타적인 정치 동맹을 추구하는 정치 운동이자 사상. PC주의자들은 정치적 올바름을 들이대고 이에 반대하거나 동조하지 않는 사람을 비난하고 압력을 넣어 자신이 원하는 인간으로 개조하려 한다. 그래서 PC주의자들은 끝없이 성차별 언어, 인종 차별 언어, 약자 차별 언어 등 금지의 목록을 만들어 뿌린다. 금지의 목록을 어기는 사람을 색출하고, 고발하고, 공개적으로 참회하게 하고, 개조의 확인을 받아 내려 하는 폭력성을 갖고 있다. 「PC주의 운동의 해악: 동료시민을 손쉽게 혐오주의자로 만드는 일 (1)」, 이선옥닷컴, 이선옥, 2022-05-06, (http://leesunok.com/archives/3623)

"자, 랜달 하프. 시카고 구단 1번 타자의 역할을 톡톡히 해 주는 선수입니다. 조셉 선수가 이 선수를 초반부터 어떻게 상대할지가 관건입니다."

중계 위원의 말이 끝나고, 심판의 '플레이볼'이 선언되었다. 이제 두 팀 간의 불붙는 경기가 시작된 것이다. 조셉은 처음부터 빠른 직구를 던져 타자에게 중압감을 줄 터였다. 조셉은 와인드업 자세를 취하고는 곧바로 공을 세게 뿌렸다.

"스트라이크! 랜달 선수가 첫 번째 공은 그저 지켜보는 것 같군요. 조셉 선수가 더 신중해야 할 테죠. 랜달 선수는 첫 타석에 집중력이 좋은 선수입니다. 자, 조셉 선수가 다시 공을 던집니다. 배 쪽으로 몰린 공입니다. 랜달 선수가 공을 받아치면서 센터 쪽으로 날아갑니다! 그러나 뜬공입니다! 아쉽네요!"

긴장을 놓을 수 없는, 숨 가쁜 시간이 흘러, 드디어 5회 말. 경기의 중반이 훌쩍 지나가고 있었다. 시카고 구단의 막강한 수비력으로 오하이오 구단은 한 점도 득점하지 못한 채 두 명의 타자들 모두 아웃 된 상황이었다. 이제 공격의 기회는 한 번뿐이었다. 그 기회는 5번 타자 아키라에게 주어졌다. 4번 타자는 출루하여 3루에서 기다리고 있었고, 만약 아키라마저 아웃이 되면 그대로 득점 0점으로 5회 말은 종료될 것이었다. 아키라가 18살 되던 해, 그때 고시엔 결승전과 같은 상황이었다.

아키라가 배트를 들고 타석에 들어서자, 관중석에서는 크나큰 응원 소리가 터져 나왔다. 인디언 복장을 하고 소리를 지르는 관중들, 'AKIRA'라고 그의 이름을 영문으로 쓴 플래카드를 흔드는 관중들도 있었다. 아마도 과연, 오하이오 구단의 팬들은 아키라에 대한 기대가 컸다. 그는 마이너리그를 거치지 않은 채 바로 메이저리그에 입단한 인재였다. 관중들은 당연히도, 아키라가 점수를 따낼 수 있을 거라고 믿었다. 그리고 그 기대는 허상이 아니라, 실현이 되었다. 두려움이 앞서기보다 이번이 기회라고 생각한 아키라는 주저없이 2루타를 쳐 냈다. 멀리 뻗어 나간 공이 담장에 맞고 튀었고, 관중들은 힘차게 뛰며 도루하는 그들을 향해 기쁨에 찬 함성을 마음껏 지른다.

"네! 2루타로 때려 주는 아키라! 오하이오 구단은 아키라 선수를 영입한 것이 마치 천군만마를 얻은 것과 같겠군요!"

여태껏 오하이오 구단은 인기가 많은 시카고 구단과는 달리 부진한 성적을 면치 못했으나, 에이스 투수 조셉과 강타자 아키라의 입단으로 이제는 월드 시리즈 진출을 꿈꾸고 있었다. 그리고 바야흐로, 경기의 후반부인 8회 말에 이르러, 아키라는 메이저리그 데뷔무대를 혼신을 다해 치르고 있었다.

"직구를 노리고 있는 타마가와 아키라. 아키라의 타구가 중앙 담장 쪽으로 날아갑니다! 호오오옴런! 통산 첫 번째 홈런이 나옵니다! 오늘이 그날입니다! 아키라 선수가 데뷔하자마자 멋지게 쏘아 올렸습니다!"

아키라는 시즌 1차전 경기인 오늘 거대한 홈런포를 쏘았다. 관중들은 환호하며 모두 기립 박수를 쳤다. 장내 분위기는 뜨거워질 대로 뜨거워졌다.

"네, 점수 차 없이 비기고 있는 이 중요한 상황! 아키라 선수가 홈런을 쳐 냅니다! 클리블랜드 유니폼을 입은 후 첫 홈런입니다!"

아키라를 향한 응원 소리는 여전히 멈추지 않고 있었다. 아키라는 힘차게 홈을 밟으면서 득점을 확고히 했다. 그는 마지막으로 가슴에 십자가를 그렸다. 그것은 일종의 감사 기도였다. 결코 잊어버릴 수 없는 지난날에 대한.

"자, 한 사람씩 자신의 꿈에 대해서 말해 볼까요?"

아키라가 초등학교 5학년 때의 일이었다. 반 아이들은 한 명씩 자신의 장래희망을 발표하는 시간을 가졌다. 주부, 교사, 의사, 간호사, 판사, 경찰, 작가, 요리사, 재벌, 대통령 등 아이들은 천진난만한 표정으로 자신의 꿈을 소개했다. 곧 아키라의 차례가 다가왔다. 빡빡머리를 한 아키라는 여실히 긴장된 표정이었다.

"저는 메이저리그 선수가 되는 것이 꿈입니다!"

그렇게 얘기하고 나서 아키라는 고개를 푹 수그렸다. 내심 자신이 없던 것이었다. 그것은 하늘의 별 따기 같은 꿈이었다. 게다가 재일 한국인으로서는…. 아키라의 귀가 조금씩 빨개지기 시작했다. 손을 번쩍 들고 메이저리그가 무슨 말이냐며 묻는 아이들도 있었다. 어느새 당근처럼 붉은 얼굴이 되어 버린 아키라에게 선생님은 오히려 부드럽게 얘기했다.

"아키라. 메이저리그 선수가 될 수 있는 백만 명 중의 한 명이 바로 자신이라고 스스로 생각하는 게 중요해. 자신을 어떻게 보는지가 그 한 명을 만든단다."[22]

빙긋이 미소 짓고 있는 선생님의 얼굴. 아키라는 고개를 서서히 들었다. 선생님의 뒤로는 하얀색 분필로 '견고이심(堅固爾心)'이라는 한자가 칠판에 또렷하게 적혀 있었다. *마음을 강하고 담대하게 하라.* 아키라는 새삼 다시 용기를 얻고 있었다. 그 후 매일 연습하기를 포기하지 않았던 그는 배트를 휘두를 때마다, 공을 던질 때마다 기도했다. 그리고 마침내 그 꿈은 지금 이 순간,

"네, 아키라 선수 공을 받아칩니다! 확실한 타구가 날아갑니다!"

....

22   LA 다저스 투수 클레이튼 커쇼의 이야기

여지없이 이루어지고 있었다.

"오른쪽 멀리, 아키라의 타구가 관중석 2층 상반에 꽂힙니다! 와우, 아키라 선수! 대형홈런을 쳐 냅니다. 맘모스급 대형홈런입니다!"
"아키라의 홈런으로 클리블랜드가 3점 차로 앞서는군요! 아키라 선수는 흠잡을 데 없는 선수라고 생각되는데요. 기적과 같은 홈런을 만들어 내네요!"

시즌 열두 번째 경기였다. 중계 위원들의 극찬은 그치지 않았다.

"아키라 선수 기쁨에 찬 세리머니와 함께 홈으로 들어옵니다!"
"아키라 선수가 홈런을 칠 때마다 천 달러의 기부금 내기로 했다죠?"
"네, 태아들의 생명을 살리기 위해 쓰여진다고 합니다. 하루에도 미국에서는 2천 5백 명씩 태아들이 살해당하고 있다고 합니다. "
"태아가 하루에 2천 5백 명씩 살해당한다구요? 사람을 가장 많이 죽였다는 중국 공산주의자 모택동의 학살보다도 더욱 끔찍하군요!"
"낙태가 세계 사망 원인 1위죠."

곧 경기 종료와 함께, 더위를 식히는 가느다란 빗줄기가 내리기 시작했다. 방송용 카메라는 땀과 빗물에 젖어 드는 아키라의 그을린 얼굴을 클로즈업한다. 그는 가히 오하이오 구단을 승리로 이끈 루키였다. 동료들의 따스한 포옹과 격려를 받는 아키라는 여유로운 미소를 지어 보였다. 그리고 경기장에 떨어진 쓰레기들을 주워 자신의 유니폼 주머니에 넣었다. 그는 늘 솔선수범하는 것을 잊지 않았다.

그렇게 열띤 시합들로 치열했던 봄은 지나가고 어느덧 더운 여름. 주홍빛 능소화가 송이째 떨어지기 시작하는 7월이었다. 그가 살았던 하치노헤라면, 산과 언덕에 핀 노오란 유채꽃들이 다 지고, 벌써 짙은 녹음으로 변해 있을 것이었다. 그러나 이 산 하나 없는 미국 중부 평야에서는 시원한 바닷바람을 느낄 수도, 자유로이 비행하는 갈매기 한 마리도 볼 수 없는 것이었다. 아키라는 파도가 하얗게 밀려와 메밀꽃을 피우던, 자신의 고향이 이따금씩 그리웠다. 그러나 보지 못해도, 가지 못해도 괜찮았다. 중요한 것은, 어디에 있든지 선한 영향력을 끼치는 삶을 사는 것이니까. 자기의 배를 위한 삶이 아닌, 내 것만 챙기는 삶이 아닌.

"제가 말하고 싶은 건, 저를 포함한 모든 남성이 여성들과 태아들을 위해 일어나라는 거예요."

라는 한 남성의 굵직한 목소리가 라디오에서 들려왔다. 벤자민 왓슨, 전 미식축구 선수로, 악법인 평등법(차별금지법)을 반대하는 유명 인사의 목소리였다. 아키라는 동의하는 듯 고요히 침잠하며, 어느 마트 앞에 자신의 승용차를 주차했다. 곧 그는 차 문을 열고 내렸고, 이윽고 이마에 맞닿는 뜨거운 바람은 여름 더위를 실감케 했다.

"일본인들은 날생선을 먹잖아? 정말 역겨워!"

지나가던 한 무리가 그가 동양인임을 알아보고 역겹다며 욕설을 내뱉었다. 젊은 흑인들이었다. 그림자가 덮인, 검은 얼굴들 속에는 성난 표정이 역력했다. *정말 역겹다고!* 그들은 다시 한번 거칠게 말했다. 그러나 아키라는 어떤 다른 반응을 보이지는 않았다. 혹 그들 자신의 상처나 열등감 때문에 그렇게 얘기했을지도 몰랐다.

"아키라! 왔는가? 어서 들어오게!"

집의 현관문 앞에 서서 고개 숙여 인사하는 아키라를 누군가 반갑게 포옹했다. 그는 오하이오 클리블랜드 구단의 감독이었다. 험한 세월에 낡아 버린 얼굴, 그 견고한 턱 자락에는 수염이 길게 자라 있었다. 그는 아키라를 자신의 집 안으로 들이며 허허, 자상하게 웃었다. 신발을 벗고 들어가자, 잘 청소된 거실에서는 오래된 구식 오디오가 재생되고 있었다. 칠이 조금 벗겨진 스피커에서는 다른 것 아닌, 오르간 연주가 흘러나오고 있었다. 익숙한 곡조였다. 아키라 자신의 엄마를 생각나게 하는.

"나의 선곡이 어떤가? 바흐의 트리오 소나타라네."

오르간 파이프가 울리는 웅장한 고동 소리는 공간 안에 잦아들고 있었다. 아키라는 어쩐지 가슴 한구석이 아려 오는 것을 부인할 수 없었다. 그래, 엄마도 바흐를 가장 좋아했었다.

"네, 저도 참 좋아하는 곡입니다, 감독님."
"하하, 그럴 줄 알았네. 반면에 모차르트 음악은 난 별로 좋아하지 않아. 모차르트 음악은 오히려 정신을 산만하게 만든다고 하네."

그에 동양인답게 예의 바른 대답을 하며 눈을 맞추는 아키라의 귓등으로 곧 중년 여성의 부드러운 말씨가 들려왔다.

"어머, 아키라 씨. 오셨나요? 아키라 씨 위해 맛있는 음식을 준비하고 있으니, 편하게 계세요."

감독의 아내는 부엌에서 음식을 정성스레 준비하고 있었다. 그러는 동안, 둘은 거실의 푹신한 소파에 앉아 대화를 나누었다.

아빠, 엄마! 저 왔어요! 그때 마침 한 젊은 여자가 실내화를 끌며 집 안으로 들어왔다. 편한 트레이닝복을 입고 모자를 눌러쓴 그녀는 그들에게 인사를 하고는, 2층 계단으로 조심스레 난간을 잡으며 올라갔다.

"내 딸 레베카라네. 지금 막 병원에서 치료받고 오는 길이야."
"아…. 어디가 아픕니까?"

아키라는 좀 전에 보았던 레베카의 수척한 눈빛을 기억해 냈다.

"레베카는 격투기 선수야. 지금은 부상으로 계속 쉬고 있지. 한 1년은 넘었어."
"그렇군요, 1년이라니. 심한 부상이었나 보군요."
"두개골이 골절됐었어."
"아, 정말 유감입니다….."
"상대가 남자였다네."

하는 그의 한마디에 아키라는 적잖이 놀라는 표정이다.

"그런 불합리한 시합도 있습니까?"
"트랜스젠더였네. 남자인데 여자로 성전환 수술한 선수였지."

오디오에서 쉬이익, CD가 감기는 소리가 들리며, 다시 처음부터 음악이 재생되고 있었다.

"하지만 호르몬 투여로 겉모습만 여자처럼 보였을 뿐, 완전히 남자였지. 그놈도 여자라고, 내 딸과 시합을 붙였네."

감독은 미열이 오르는 이마에 자신의 손을 짚으며, 계속 말을 이어갔다.

"내 딸은 두 번이나 챔피언 우승을 할 정도로 강한 선수였어. 그런데 내 딸이 말하더군. 초반부터 아무 힘도 쓸 수가 없었다고 말이야. 그 두려운 순간에 나를 기억했다고 해. 그렇게 다시 힘을 내 보려고 했지만, 결국에는…."

그 날을 회상하는 감독의 두 눈동자는 그날과 같이 처절한 빛을 띠고 있었고,

"난 보았어. 링 위에서 피를 철철 흘리고 있는 내 딸을 말이야. 완전 만신창이가 되어 버린 딸을 보았을 때는…, 내 두 다리가 사시나무처럼 덜덜 떨렸다네."

이내 눈시울은 붉게 젖어 들기 시작했다.

"종이 시끄럽게 울리고 나서 그는 챔피언 벨트를 들어 올리며 기쁨의 함성을 질러 댔지. 내 딸을 그렇게 만들어 놓고도, SNS에는 내 딸을 아주 박살 냈다고 하며 조롱하는 글을 올렸더군."
"인간으로서는 할 수 없는 짓이군요."

쌉쌀한 표정의 아키라는 테이블 위의 물잔을 들어 입 안으로 기울였다.

"스포츠계에 아주 많이 실망했다네. 아무리 항의를 해 봐도 소용

없었어. 페어플레이(fair play)란 아주 옛날의 것이 되어 버렸지. 앞으로도 성전환 선수들이 계속 나올 텐데, 여자 선수들이 얼마나 불리해질지 생각해 보게. 유전적으로 남성으로 태어난 운동선수가 여성보다 훨씬 더 강하니 말이야."

하고 나지막이 얘기하는 감독의 두 눈동자는 다시 예리한 빛을 발하고 있었다.

"그렇습니다. 뼈와 근육 등 운동 능력과 직접적인 관련이 있는 부분이 여성보다 월등히 발달되어 있죠."[23]

"그래, 나는 이 일로 뼈저리게 깨닫게 되었어. 성은 타고난다는 것을. 아키라, 자네는 어떻게 생각하나? 그놈도 여자라고 생각하나? 아니면…?"
"저도 생물학적인 성을 믿습니다, 감독님. 성전환 수술을 한다고 해도, XX와 XY라는 염색체는 바뀌지 않는다고 합니다. 염색체와 관련한 유전적 구성 요소 또한 말입니다."
"그래, 나도 그걸 보았네. 그놈도 성전환 수술했다고 하지만, 완전한 남성의 성질 그대로였어."

감독의 말을 듣는 아키라는 아무 소리 없이 고개를 끄덕거렸다.

....

23   조 로건(Joe Rogan)의 설명. 코미디언 겸 종합격투기 관련 인물이며 UFC 해설자.

"너무나도 무서운 세상이라네. 어떻게 내 딸을 죽일 정도로 때려 놓고 그렇게 당당할 수 있는 건가? 그리고 세상은 그런 우리를 위로하지 않았지. 오히려 '혐오 표현'을 한다며 우리를 비난했으니까."

"혐오 표현이라니. 저로서도 이해하기가 힘듭니다."

"그런 비난에, 몇 배로 상처받는 건 우리 딸뿐이지…."

감독의 입 밖으로 갈라지는 듯한, 쇳소리가 났다. 슬픔에 가득 잠긴 목소리였다.

"게다가 지금 미국에서는 말이야. 사춘기 이전의 학생들도 막무가내로 성전환 치료를 받는다네. 호르몬 주사로 말이야. 그 부작용도 상당해. 무조건 불임이지. 인간의 기본 기능을 잃는다고 볼 수 있어. 각종 질병에도 걸리고 말이야. 다시 되돌릴 수 없는 모습에 후회하며 사는 학생들도 많다고 하네."

사춘기를 앞두고 있거나, 사춘기 학생들은 이미 어린아이는 아니면서도, 그러나 아직 어른도 아닌 '중간 상태'에 있는 것이다. 그런 미숙한 시기의 학생들에게 무조건, 그리고 얼마든지, 성전환 수술을 받게 한다는 것은 매우 잘못된 일이었다.

"부모는 자녀의 말에 귀를 기울이고 자녀가 생물학적 성에 맞추어 갈 수 있도록 잘 지도해야 하네."

하고 감독은 진중하게 얘기하며, 수염이 너슬너슬 자라 있는 턱 밑으로 깍지 낀 손을 대었다. 아마도 과연, 지금의 대화는 썩 유쾌한 이야기는 아니었다. 그러나 아주 중요한 이야기였다.

트랜스젠더는 보통 사람들보다 자살률이 11배나 높다고 한다. 성전환 수술을 했어도 불행하다는 방증이다. 성전환 수술 후유증도 아주 심각하다. 매일 냄새 나는 고름을 닦아 내며, 그 냄새를 감추기 위해 인공적인 향수를 뿌리고 사는 사람들도 있다. 그렇게, 성전환 수술은 확실한 해결책이 될 수 없었다. 게다가 부정적인 결과를 넘어서서, 파멸적인 결과를 맞게 될 수 있었다. 마치, 한쪽 다리를 잃은 사람이 남은 한쪽 다리까지 절단하는 것과 같은.

"세상은 그 보는 자들에게 '너희는 보지 마라.'라고 말하고, '우리에게 옳은 것을 보이지 마라.'고 말하며, '우리에게 듣기 좋은 것을 말하고 거짓된 것을 보이라.'고 하죠."
"그래, 맞네. 대부분의 사람들은 속고 있지. 이젠 진실을 깨달아야 할 때야."

선이 악이 되고, 악이 선이 되는. 거짓이 진실이 되고, 진실이 거짓이 되는 시대였다. 세상은 그랬다. 화려하고 아름다운 포장지로 둘러싸여 있지만, 그것을 뜯어서 들춰 본다면, 세상은 거짓말을 피난처로 삼으며, 그 거짓 속에 숨어 있다는 것을 깨닫게 될 것이다.

에필로그: 사랑 = 생명

1

새하얀 낮달이 넓은 하늘에 비스듬히 걸려 있었다. 보이지 않는 달빛이 구름 같은 세상에 비추고, 시든 꽃잎들은 티끌처럼 흩날리고 있었다. 그러나 무수한 국화들은 찬 서리를 맞으며 활짝 피어나고, 등이 굽은 소나무들은 창창하게 푸른 잎을 여전히 드러내었다. 그 가지에 달린 솔방울들이 수풀 가운데로 툭툭 소리를 내며 떨어지고, 흙색 낙엽은 바람에 힘없이 뒹굴었다. 바스락대며 부서지는 그것들을 밟으며, 그는 오롯이 길을 걷고 또 걷고 있었다.

"두려워하지 말아라."

돌연, 자신을 위로하는 듯한, 많은 물소리 같은 목소리가 들렸다. 그것은 회오리바람처럼 두렵게 다가왔다가 점점 멀어졌다. 그리고

저 멀리, 붉은색을 띠는 샤론의 수선화가 풀잎들 사이로 피어 있었다. 그러나 곧 눈앞에 보이는 것은, 목소리의 주인이 아닌, 아담한 체구의 한 여학생이었다. 그 수수하고 아름다운 수선화를 닮은. 오른쪽 뺨에는 화상 자국으로 얼크러져 있어, 지극히도 낯익은 얼굴이었다. 새하얀 셔츠에 리본 넥타이를 달고, 교복을 단정하게 입은 그녀의 두 눈이 그를 막 돌아다보고 있을 때. 그 응시하는 눈가에는 눈물 자국이 그대로 나 있는 것을 볼 수 있었다. 그리하여,

"무슨 일이야? 레아."

아키라는 레아에게 다급하게 말을 걸었다. 레아는 작은 입술을 열어 말하기 시작했다.

"세상은 날 속였지만. 난 세상을 속인 적 없어…."
"그래, 맞아. 넌 정말 순수한 영혼인걸."

하고 아키라는 다독이듯이 자상하게 말을 이었다.

"레아, 푸슈킨의 시를 너도 알고 있지? 삶이 그대를 속일지라도. 아니, 세상이 그대를 속일지라도, 슬퍼하거나 노하지 말라."
"슬퍼하거나 노하지 말라. 그래, 그렇지. 고마워, 아키라…."

먹잇감을 쫓는 솔개 한 마리 보이지 않는, 평화로운 소나무 숲. 떨

리는 풀잎의 끝이 서로 스치며 사락거리는 소리가 들렸다.

"그런데 넌 여기서 뭐 하고 있었어?"
"그냥…. 운동도 하면서 산책하고 있었어. 내가 다니는 모든 곳이 훈련장이야."

그 옅은 소리만이 영영한 공간. 곧 머리 위로 부슬부슬 이슬비가 내리기 시작했다.

"죽는 날까지 하늘을 우러러 한 점 부끄럼 없기를…. 이 시구를 좋아하는 사람들은 많아도, 그와 같은 삶을 살아 내는 사람들은 얼마나 될까?"

가느다란, 레아의 목소리 뒤로 그녀의 고동색 머리칼은 빗물에 조금씩 젖어 들고,

"윤동주 시인은 말이야. 신사참배를 끝까지 거부하다가, 일본 군부 생체 실험실의 제물이 되어 이름 모를 주사를 맞고 죽어 가셨어. 그 주사에는 대체 뭘 넣었던 걸까."[24]

그녀의 말끝이 투명한 빗물처럼 떨어지고 있었다. 흐르는 시간은

....

24   「동아일보」 기사(1980.09.16.)

연체되는 것 같았다. 아키라는 그 어떤 말도 할 수 없이, 레아를 바라보았다. 그 어떤 대답도 가벼울 것 같았다.

곧, 별안간 우르르, 하는 천둥소리가 크게 들려왔다. 아키라는 고개를 들어 하늘을 쳐다보았다. 하늘에는 검은 먹구름이 가득 몰려와 있었다. 윙윙, 세찬 바람이 불어오며, 긴장된 척추를 두드렸다. 이내 빗줄기는 점점 거세지고 있었다.

"일단 비를 피해야겠어."

하늘을 쳐다보았다가, 다시 고개를 돌리는 아키라의 낮은 목소리 뒤로,

"레아?"

레아의 모습은 홀연히 사라지고 온데간데없었다.

"레아!"

아키라는 한 번 더 외쳤지만, 그의 주위에는 아무도 없었다. 아키라는 그렇게 홀로 덩그러니 남아. 우드득대며 떨어지는, 굵고 투명한 빗방울을 맥없이 맞고 있었다. 빗줄기는 이끼 낀 바위들의 표면을 타고 흘러, 흙바닥과 그의 발등을 촉촉이 적셨다.

"아!"

아키라는 탄식하듯 숨을 내뱉었다. 두 눈앞에는 불 꺼진, 천장이 보였다. *꿈이었구나!* 아키라는 아무렇게나 흘러내린 앞머리를 쓸어 올리며 찌뿌둥한 몸을 일으켰다.

"영광아."

그때, 아키라의 아빠가 방문을 열고 들어왔다. 그는 아주 가끔, 아키라를 한국 이름으로 불렀다.

"아침 먹자. 불고기 구워 놨어. 미국에 있는 동안 먹고 싶었지?"
"오, 불고기요? 네, 아빠! 곧 갈게요!"

메이저리그 비(非)시즌 기간에 다시 돌아온 일본, 겨울의 창밖에서는 새하얀 눈이 내리고 있었다. 눈덩이가 맺힌 나뭇가지들은 마치 백화를 피우는 것 같았다. 창틀 안에 얼어붙어 가는 세상을 묵묵히 바라보던 아키라는 이불을 걷으며, 침대에서 그만 내려왔다. 그때 띵동, 그의 휴대폰으로 문자가 도착하는, 인위적인 기계음이 들렸다.

- 부고 알림 -
소망고 2-B반 동기 여러분, 안녕하십니까? 반장 쇼입니다.

나루세 에이타가 오늘 0월 0일 0시에 우리 곁을 떠나게 되었습니다.
슬픔에 빠져 있는 유족분들에게 따뜻한 위로 부탁드리겠습니다.

○○병원 장례예식장
발인: 0일 오전 9시

2

"안녕, 아키라!"
"안녕."

고등학교 2학년 생활 중, 아침 훈련을 마친 아키라가 말끔한 교복
차림으로 가방을 메고 교실로 들어왔다. 자리에 앉자, 옆자리에 앉
은 에이타는 인사도 제대로 하지 않고, 휴대폰에 정신이 팔려 있었
다. 한 친구와 실없이 웃기만 하면서 말이다.

"야, 그거 꼭 보내 줘? 알았지?"

하고 에이타의 친구는 에이타에게 비밀스러운 눈빛을 보낸다. 아
키라는 아침부터 시끄럽다고 생각했다. 그의 짙은 눈썹이 조금 구
푸러진다.

"뭘 그렇게 보고 있냐?"

하고 아키라는 가방을 고리에 걸며 물었다.

"아, 아냐."

고개를 절레 흔드는 에이타. 그의 목에는 붉은 두드러기 같은 것들이 나 있었다.

"에이타? 너 목에 뭐 난 것 같은데."
"아. 뭘 잘못 먹어서 그런 것 같아. 알러지인지."

하고 에이타는 자신의 목을 손바닥으로 쓸더니, 피식 웃었다. 오늘따라 그의 마른 얼굴이 더욱 창백해 보였다.

"알러지? 혹시 밀가루 음식 때문인가? 요즘 수입 밀가루는 유전자 조작 식품이니까 조심해."

아마도 과연, 혈기 넘치는 고교구아 아키라는 체력 관리 때문에 유전자 조작 식품(GMO)은 피했다. 수입산 밀가루, 콩이나 옥수수 같은 것들 말이다. 유전자 조작 식품을 먹으면 면역 체계가 손상될 수 있기 때문이었다.

"아. 그런 것 같진 않아."

에이타는 그렇게 대충 대답했다. 진중해 보이지는 않았다. 아키라의 말을 제대로 듣지 않은 것인지도 모른다. 에이타는 곧 자신의 휴대폰을 접었다.

"참, 아키라. 미안한데, 너 지난 영어 수업 때 필기한 거 좀 보여줄 수 있어?"

에이타의 부탁에 아키라는 가방을 뒤지더니, 노트를 꺼내 에이타에게 건네주었다. 그때 에이타의 친구가 갑자기, 아키라의 팔뚝을 덥썩 잡았다.

"이야, 정말 운동선수 팔뚝이네."

하고 살짝 주무르는 친구의 손길. 아키라는 화들짝 놀라 순간,

"야!"

크게 소리치며 팔을 확 뿌리쳐 냈다. 아키라의 두 눈빛은 무척이나 격앙되어 있었다.

"아아, 미안···."

그는 제압당한 듯 팔자 눈썹을 그리며 미안하다는 눈짓을 했다. 아키라의 시선은 다시 에이타를 향한다. 에이타는 그 창백한 얼굴에 무언가를 숨기고 있는 것 같은 표정이었다. *저 녀석을 솔직하게 만들지 못하는 게 뭘까.* 아키라는 자신의 감정을 조절하는 듯 입술을 일자로 굳게 다물며 생각했다.

학기가 지날수록, 2-B반은 점점 이상한 분위기가 조성되고 있었다. 그런 기류는 아마도 과연, 에이타에게서 흘러나오는 것이었다. 에이타와, 또 그와 노는 친구들은 눈동자의 초점도 뿌옇게 흐려지는 것 같았다. 마치 이곳이 아닌, 다른 세계에서 사는 듯이. 그들의 성적은 떨어지기만 했고, 담임은 그런 에이타와 친구들에게 관심을 가지고 책망했지만, 별 소용이 없었다.

"야, 에이타가 소지품 검사 걸렸대."
"아, 그래?"
"BL[25] 만화책이라던데."
"뭐? BL?"

복도에서 때론 수군거리며 때론 떠드는 목소리들. 3학년으로 진급하는 4월을 앞두고 있는, 3월이었다. 2학년으로서는 마지막 달이다.

....

25   Boy's Love의 줄임말로, 남성 간 동성애를 뜻함

"에이타?"

아키라의 굵고 낮은 목소리가 들려왔다. 아키라는 바지 주머니에 손을 찔러 넣고, 화단이 깔린 교정에 혼자 서 있었다. 그런 그의 앞에, 에이타는 손에 무언가를 들고 망설이는 듯, 자세를 엉거주춤하고 있었다. 그날은 3월 14일. 화이트데이였다. 아키라는 에이타의 창백한 손에 들린 포장 선물을 보면서 햇볕에 그을린 미간을 좁혔다.

대체 이걸 왜 나한테…? 아키라는 당황스러운 중에도 잠시 고민했다. 아키라와 에이타는 그다지 친한 사이는 아니었다. 서로 취미도 달랐고 가치관도 달랐던, 그저 요연하게 느껴지는 반 친구에 불과했다. 우정 선물은 아닐 것이다. 마음이 불편해진 아키라는 그의 선물을 받지 않았다. 그리고,

"아, 잠깐만."

무언가 생각이 난 듯, 교복 재킷 주머니를 뒤적거렸다. 그리고는 작은 종이 한 장을 에이타에게 나지막이 건넸다.

"아키라군 맞지요?"
"네, 안녕하세요."
"저는 에이타의 엄마예요."

어느덧 아키라는 죽은 에이타의 빈소에 도착해 있었다. 빈소에는 피우는 향불도 없었고, 간소하게 차려져 있었다. 아키라는 짧은 묵념 기도를 한 뒤였다.

"아키라 군이 에이타 군에게 초대장도 주었다고 하면서요. 교회 고등부 모임 말이에요."
"네, 그랬었죠. 고2 때요. 에이타는 결국 안 나왔지만요."
"아프고 나서는, 교회에 나갔어요. 살고 싶다고 하면서…. 장례도 교회식으로 치르게 해 달라고 했어요."

아키라는 낡고 오래된 사진첩을 펼치듯이, 18살 때 보았던, 에이타를 기억해 냈다. 그리고 그의 목에 난 붉은 두드러기 같은 것을. 연관이 있었을까, 아키라는 생각하며 에이타의 엄마를 보았다. 아들의 죽음으로 무척이나 침울한 눈빛과 마르고 수척한 얼굴이 안쓰러웠다.

"에이타는 에이즈 환자였어요."

하고 에이타의 엄마는 고백하면서, 입술을 꾹 깨물었다. 에이즈란 인간 면역결핍 바이러스(HIV)에 감염되고, 그 바이러스에 면역세포가 파괴되는 병이다. 몸의 면역력이 떨어지면서, 각종 질병에 시달리다가 2~5년 내에 거의 사망하기 때문에, '현대판 흑사병'이라고

도 불리고 있다.[26]

"아, 동성애자였나요?"

"네, 전 미련하게도 제 아들이 그런지 몰랐지만 말이에요. 에이타가 대학 들어가면서 차별금지법을 제정하라는 정치 활동도 열심히 하기 시작하더군요. 그게 동성결혼을 합법화하는 법이라면서요? 저는 몰랐어요. 아무튼 좌파라고 하죠. 에이타는 민주당 운동권에 아주 열심이었으니까요. 휴대폰도 보여 달라고 하면, 잘 보여 주지 않고 말이에요. 그때서부터 뭔가 있나, 의심이 가기 시작했죠."

차별금지법은 절대로 막아야 하는 악법이다. HIV 감염의 원인인 동성 간 성 접촉, 성전환을 반대하는 표현을 무조건 처벌하고, 동성애 치료를 금지하기 때문이다. 동성애, 성전환을 찬성하는 의견만 허용되기 때문에, 사람들은 자유로운 의사 표현을 전혀 할 수 없다.[27] 이것은 전체주의, 히틀러 시대의 독재 정치와 다름없다.

"그리고 얘가 갑자기 쓰러지더니⋯. 그때 에이즈 발병을 알게 되었어요. 나중에는 척추가 다 썩어서 걷지도 못했죠. 휠체어에 앉아

••••••••••••••••••

26   "'동성애 전문가' 염안섭 수동연세요양병원장 인터뷰", 「월간조선」(2020.05.10.), http://monthly. chosun.com/client/mdaily/daily_view.asp?idx=9464&Newsnumb=2020059464

27   보건복지부에서 발표한 제4차 국민건강증진종합계획 323쪽에 남성 동성애자 간 성접촉이 에이즈의 주요 전파경로라고 판단된다고 기재하고 있다. 그러나 국가인권위원회가 만든 인권보도준칙으로 언론은 에이즈와 동성애의 관계성을 보도하지 못하고 많은 사람들이 이 상관관계를 알지 못한다. — 레인보우 리턴즈(유튜브 채널)

눈물을 흘리더군요. 많이 후회한다고…. 사는 게 지옥과 다름이 없다고 후회를 많이 했어요. 죄의 대가를 받는 거라고 후회도 많이 했구요. 동성 애인은 곧바로 자길 버리고 도망가고. 동성애는 사랑이 아니라고 고백하더군요. 동성애는 역리[28]라고."

하고 에이타의 엄마는 손바닥으로 얼굴을 가리며 흐느꼈다.

"결국 20대도 다 못 살고 이렇게 우리 아들이 떠났네요…."

아키라는 가슴 한구석이 미어져 오는 것을 느꼈다. 미국에서 클리블랜드 단장님께 들었던 이야기, 그리고 일본에서 마주치게 된 에이타의 죽음. 모두 연결고리가 있는 것 같았다. 아키라는 빈소에 놓인, 에이타의 초상화를 바라보았다. 고등학교 때 보았던 모습과 달리 변한 것은 없는, 젊은 청년의 모습. 안타깝다고 표현할 수밖에 없는 죽음이었다. 그러나 시간은 되돌릴 수 없었고 선택의 대가는 컸다.

또 눈이 오려나 보다. 장례식장을 빠져나와 문득 올려다본 하늘에는 비늘구름이 드넓게 펼쳐져 있었다. 하치노헤의 겨울은 역시나 혹독했다. 부드러운 니트 목도리를 칭칭 두른 아키라의 입술에서는 안개 같은 입김이 자꾸만 피어났다.

....

28   순리가 아닌 것

"레아?"

그것은 어제 꾸었던 꿈속에서 외쳤던 말이었다. 어젯밤 꿈속에서 만난 레아가, 그렇게나 보고 싶었던 레아가 자신의 눈앞에 서 있었다. 아키라는 믿을 수 없었다.

"아키라?"

하고 고개를 드는 레아의 갈빛 눈동자는 미미하게 떨리고 있었다. 얼굴에 화상 자국은 여전했고, 놀란 표정의 그녀는 유모차를 붙들고 있었다.

"레아 맞지?"

아키라는 따스한 입김을 내뱉으며 한 발걸음 더 다가갔다. 아키라의 큰 그림자가 다시 레아의 얼굴에 드리우고 있었다. 레아는 작은 입술에 호선을 그리면서 고개를 끄덕거린다. 그러자 아키라는 조금도 지체하지 않았다.

"네가 맞구나."

이 시간, 다른 공간을 달려왔던 길은 절묘하게 교차되고 있었다. 결코 평행선이 아니었던 것을. 비밀스러운 수수께끼는 풀리고, 퍼

즐은 맞추어지고 있었다. 그 잃어버렸던 파편의, 조각이 정확히 맞물려, 운명처럼 맞닥뜨린 그들의 머리 위로 하얗고 굵은 눈송이가 소복소복 내려앉고 있었다.

"보고 싶었어, 레아."
"응, 오랜만이야."

오늘은 크리스마스이브였다. 겨울바람에 흔들리는 눈발 속으로 그들의 모습은 점점 잦아들고 있었다. 이 순백의 풍경. 그 가운데 발견되는 낯선 한 아이의 얼굴이 있었다.

"아이가…?"

아키라는 주차장에서 마주친 레아의 유모차에서 새근새근 잠이 들어있는 3살배기 아이에게 시선을 돌렸다.

"내 아이야. 아키라. 처음 봤지?"

긴장한 듯, 레아의 흔들리는 눈동자와,

"놀랄 거야."

자신감이 없는 말투.

"아니, 놀랐다기보다…. 네 소식을 듣고 널 위해 기도해 왔어."

하고 아키라는 다시 평온한 미소를 지어 보였다. 레아가 여전히 기억하고 있는 그 미소는 변함이 없었다.

"그랬구나. 그 말을 들으니 위로가 돼. 그래, 그 일은 생각하기도 싫은, 너무 끔찍한 일이었지만…. 그렇다고 아이를 낙태할 수 없었어. 명백한 살인이잖아."

레아의 두 눈에 밤이슬처럼 투명한 눈물이 어리기 시작했다. 그 얼굴을 바라보는 아키라의 가슴도 슬며시 아려 왔다.

"아이가 정말 예쁘다."

굵은 털실로 짠, 따뜻한 겨울 모자를 쓴 아이의 동그란 얼굴은 참 순해 보였다.

"고마워. 이름은 코코미라고 해. 아름다운 마음이라는 뜻이야."

레아의 표정은 다시 밝아지기 시작했다. 그리고 회상하고 실토하듯, 조심스럽게 얘기를 꺼냈다.

"여태껏 많이 힘들었어. 매일 죽고 싶을 정도로 말이야. 왜 이런 일이 생겼는지 이해할 수도 없었어. 하지만 코코미만 생각하면…, 인생을 포기할 수가 없었어. 코코미는 참 아름다운 영혼이라는 생각이 들어. 생명이란 그런 건가 봐."

그리 고백하는 레아의 얼굴은 고요한 아침 햇살처럼 뚜렷했다. 흉악한 괴한에게 불미의 사고를 당했던 사람의 얼굴이 아니었다. 기묘하게도 행복해 보였던 것은 왜일까. 낙태가 아닌, 아기의 탄생은 오히려 그녀의 트라우마를 말끔히 치유했던 것이다. 그것은 생명의 힘이었다.두 눈을 꼭 감고 새카만 속눈썹을 파르르 떠는 아이의 얼굴은 진정 살아 있었다. 아키라는 아름다운 영혼, 코코미에게서 기어코 시선을 떼어 내 레아를 바라보았다. 금세 조용해지는 공기 속으로 낙하하는, 흰 눈발 사이에서 흐려지기만 하는 서로의 얼굴. 톱니바퀴처럼 맞물린 그들의 눈동자는, 서로에게 익숙하면서도 새로웠고, 새로우면서도 낯설지 않았다.

"있잖아."

고통과 환란의 돌풍이 지나갈 때, 악인들은 사라지고 말지만, 의인은 영원한 기초처럼 서 있다는 것을. 자신의 두 눈앞에 확실히 존재하고 있는 레아를 바라보며 아키라는 깨달았다. 그는 기적을 보고 있었다.

"넌 혹시나…, 알고 있었는지 모르겠지만 말야."

하고 아키라의 굵고 낮은 목소리가 잔잔하게 파동했다. 눈은 여전히, 소리 없이 내리고 있었다. 광랑하게 흩어져 내리는 눈 한 송이 한 송이가 점철되어 얼어붙고, 그것은 얼굴의 일부가 파손되어 버린 것 같은, 레아의 메마른 화상 자국에 흐르고 있었다. 아키라는 그 망가진 한쪽 편, 흉한 화상 자국을 어루만지고, 위로하고 싶다는 갈망을 느꼈다.

"고등학교 때 널 좋아했어."
"응? 이런 날⋯."

레아는 저도 모르게 자신의 화상 자국에 손을 가져다 대었다.

"아냐, 넌 충분히 아름다운걸."

아키라는 추위에 발개진 한쪽 입가를 들어 올리며, 안도의 미소를 지어 보였다. 이 생의 순간 또한 신의 선물이었다.

"지금도 좋아해, 레아."

미명이 꿈틀대는, 푸른 새벽의 종소리처럼 무력한 의식을 깨우는, 생생한 목소리. 그렇게 아키라의 차가운 입술 사이로 미어져 나오는 고백은 한 떨기의 매화처럼 붉게 피어오르고. 마음의 뜨거운 사막은 깊은 못으로 변하고 있었다.

러브 윈즈

LOVE
WINS!

초판 1쇄 발행 2023. 1. 18.

지은이 최지안
펴낸이 김병호
펴낸곳 주식회사 바른북스

편집진행 김재영
디자인 김민지

등록 2019년 4월 3일 제2019-000040호
주소 서울시 성동구 연무장5길 9-16, 301호 (성수동2가, 블루스톤타워)
대표전화 070-7857-9719 | **경영지원** 02-3409-9719 | **팩스** 070-7610-9820

•바른북스는 여러분의 다양한 아이디어와 원고 투고를 설레는 마음으로 기다리고 있습니다.

이메일 barunbooks21@naver.com | **원고투고** barunbooks21@naver.com
홈페이지 www.barunbooks.com | **공식 블로그** blog.naver.com/barunbooks7
공식 포스트 post.naver.com/barunbooks7 | **페이스북** facebook.com/barunbooks7

ⓒ 최지안, 2023
ISBN 979-11-6545-992-5 03810